香港文学新动力

愚木

FOOL THE WOOD

陈苑珊 著

南方出版传媒
花城出版社
中国·广州

图书在版编目（ＣＩＰ）数据

愚木 / 陈苑珊著. -- 广州 ：花城出版社，2017.7
（香港文学新动力）
ISBN 978-7-5360-8396-7

Ⅰ．①愚… Ⅱ．①陈… Ⅲ．①短篇小说－小说集－中
国－当代 Ⅳ．①I247.7

中国版本图书馆CIP数据核字(2017)第144735号

出　版　人：詹秀敏
策划编辑：林宋瑜
责任编辑：揭莉琳　刘玮婷
技术编辑：薛伟民　凌春梅
封面设计：介　桑

书　　　名　愚木
　　　　　　YU MU
出版发行　花城出版社
　　　　　　（广州市环市东路水荫路11号）
经　　　销　全国新华书店
印　　　刷　佛山市浩文彩色印刷有限公司
　　　　　　（广东省佛山市南海区狮山科技工业园A区）
开　　　本　880 毫米×1230 毫米　32 开
印　　　张　7　1 插页
字　　　数　111,000 字
版　　　次　2017 年 7 月第 1 版　2017 年 7 月第 1 次印刷
定　　　价　30.00 元

如发现印装质量问题，请直接与印刷厂联系调换。
购书热线：020－37604658　37602954
花城出版社网站：http://www.fcph.com.cn

总序

文学新世代·"我城"新风貌

蔡益怀
（香港作家、评论家、《香港作家》总编辑）

香港文学是一个多元的文化场域，谱系丰繁，形态多样。过往，人们一提到香港的文学，想到的大都是金庸、倪匡、亦舒、李碧华、张小娴，或者是舒巷城、刘以鬯、也斯、西西、黄碧云、董启章。这些作家确实撑起了二十世纪五十年代以降大半个世纪的香港文学天空，为读者带来了许多阅读享受。江山代有才人出，那么，千禧年以来，香港文学出现了哪些新人？有什么新的创作风貌和特色？花城出版社的"香港文学新动力"系列，别具慧眼，推出多位文学新星的作品，无疑触摸到了这个都市的文脉。

每一个城市都有她的表情和肌理，而文学作品就是我们认识其面相与内涵的极佳路径。香港从来不是一句话可以形容的城市，"东方之珠"不代表她的全部内涵，明信片上的灿烂景观也不是她的全部面相。前辈作家为读者揭示了"我城"的前世，有"穷巷"有"酒徒"，这个系列的作品则以新的视角展示出新的香江浮世绘，有平民"安置区"，有"横龙街"……

唐睿的小说《脚注》（*Footnotes*①）如同一部文字的记录片，回放出二十世纪八十年代香港底层社会一隅——安置区的生活画面，书写细致真切，鲜活灵动。作品满载儿时记忆，多少上承了舒巷城的路向，平民的视角，小区的关怀，为生民立言，是当代香港文学中一部不可忽视的佳作。

谢晓虹的小说以魔幻笔法，呈现现代都市人生的异化景观，如《旅行之家》《头》《幸福身体》等，都表现出生命的仓皇无着、空虚荒芜。其"黑色叙述"打破时空界限，现实与记忆交相迭现，心象与实境相互融合，内容怪诞、暴虐，但不血腥，为读者带来的是富于挑战性的阅读体验。

麦树坚的散文着意于城市风物的地志式考辨，结合自身经历编织出小区人文风情，心思缜密，内容丰厚，如

_____

① 香港繁体版名为*Footnotes*。

《横龙街》《屯门河》《去年七月，汗臭湿衣衫》等，以幽微的情思、丰富的联想、细腻的笔触，呈现出种种事物的今昔变化，也写出了市井的味道。

陈苑珊是这个阵容中最年轻的作者，记者出身，作品多取材于社会世相，但又不满足于照相式的"报道"，而是经过心镜的透视，以变形、夸张，乃至怪诞的方式，将人们见怪不怪的现象加以放大、显影，将凡人视而不见的流行"疫症""病毒"曝光现形，达到讽世、喻世的效果。

这批作者的作品尽管创作路数不一样，内容风格各异，有写实有魔幻，但都体现了香港文学的兼容特色及开放气质。他们无意于大叙述，不扮演上帝，不高高在上地俯视，不批评，也不教训，只是以一己之身卑微之姿，亲证社会人生，以文字补白，权作社会历史、百态人生的脚注。

如果你想更真实地感受香港、更真切地理解香港，那就打开这一本本的书吧，它们就是香港社会拼图的一部分，可让你看到不一样的城市景观与表情，看到她细密的肌理，乃至闻到市井的味道。

目录 *contents*

推荐序一
抗世寓言　轻盈笔触

蔡益怀

读书如读人。

认识陈苑珊，是从她的文字开始的。一年多前，在审读杂志稿件时，不经意间被一篇题为《益寿》的作品吸引住，发觉作者的创作路数判然不同于常见的写实类作品，怪异之中自有讽世的意味，冷幽默。很快，我就决定刊用这个作品。后来，又陆续读到她的《听话》《愚木》，对作者的创作思路与趣旨，自是有了一个较为清晰的了解。这不是一个甘于庸常的年轻人，她找到了一种"创世"的方法，即以怪诞、变形、夸张的方式，将人们见怪不怪的世相，加以放大、显影，将凡人视而不见的流行疫症病毒曝光现形。

在这个年代，有太多的糊涂虫在做应声的生物，也有太多的人在装睡，做自欺欺人的美梦。一言以蔽之，太多多的人做了温水中的青蛙而不自知。好在，有这样一个年轻人（或者不止她一个），以别具智识的显微镜，观察洞烛被蚕食的人文乱象；以笔代手术刀解剖繁荣盛世下的隐疾、毒瘤，以达警世、喻世、醒世的功效。这何尝不是抗世的寓言、济世的良方？这个年代，我们太需要这样的文字、这样的写作人。

意大利早逝的大师卡尔维诺一向十分重视文学写作中"轻"的要素，在他看来，"轻盈"是对抗尘世之重、生命之重的最佳方式。我想，陈苑珊的"冷幽默"，她的轻巧笔触，正是这种创作理念与策略的一种表现吧。在香港的前辈作家中，西西早已在她的《浮城志异》等作品中表现过这种"轻功"，而今，我在新一代的创作中又看到这种技艺品性，岂能没有荒径遇故知的欣喜？

物质的世界、高墙的阴影都太沉重，就让我们轻盈如小鸟吧，文学给我们一种对抗引力向上飞越的力量。

值陈苑珊文集出版之际，草书数言，以兹祝贺，并表敬意。

推荐序二
新生世界的魔术

陶国璋

（香港中文大学哲学系教授）

陈苑珊整体文字很像西西，充满第一身的视点，新生般的世界。我喜欢海德格的语调，作品从隐蔽的大地中揭示一个世界——文中的小说世界与大地交互挣扎，然后隐蔽回去……小说的视点很有趣味性，主角从"不正常"回看世界，蜿蜒地揭示现代生活的荒谬感：我们愈来愈自言自说，愈发遗忘他人的存在；究竟是社会体制的规范，还是我们太迷恋地活在自己里面？……我觉得陈苑珊的文字充满魔术，有一种来自异域的陌生感。

愚 木

　　探射灯的强光肆意在黑丛间蹦跃疾舞，毫不定点，况连忙促停被头带勒得涨坏的脑袋，头定灯定；伸手只见被五指活活撑开的白胶手套，像五条过熟的肥香肠。那片幼叶究竟在哪儿？迟不生早不生，入冬以来最寒的凌晨你才面世，恐怕上级又嚷着要给你注个记录。况心里愈骂，眼睛愈灵，别吵……"香肠"们缓缓拨开射光下的那束壮枝，果然藏着一片苦苦发红的嫩叶！谢天谢地，况立刻低头，好让射灯照照腰侧的工具袋。都说新购的这款发光药水红得沉，不好找，可我这种人的意见呀，好比百年树根吸收的水分，要传到至高无上的那层叶，非要花上巨大的力气不可。况的怨气随呼吸化成轻透的雾姿，从口绽开；白手套托着的初生叶，战战兢兢地瞄读另一只白手套的居心——况正要向叶打下纤维芯片。"咔"，幼叶穿孔了。当小孔愈合时，芯片自然悄悄生出，像胎记。

弄妥幼叶后，红褪了。况先后检查现场的探测器和中央的总指挥机，没有新信。这二十四小时轮班制荒唐得来仿佛还真有点作为，况一边扯脱那双黏缠的手套，一边对自己开玩笑。颈项和头颅被探射灯策骑得左酸右麻，额上那圆印该赶得及于天亮前消隐吧。搓搓额，伸伸腰，果然换班了。

"钉了一片新叶，十四路南段杂草的折曲度快到黄色级别的上限，还有……多穿点衣服，冻病了请假不容易。"况把工作记录本推到书桌中央，拍一下打呵欠老是不掩嘴的尤的右肩。

"辛苦你了，师兄！这儿交给我吧！"尤顺手把眼垢糊在记录本的封面，向况挺不直的宽背挥手。

吸入提神的寒气，况步出护林局辖下的第二百六十四号看守亭，行内俗称"荫亭"。他的四肢居然蠢蠢欲动，想来个晨操，奈何时辰总跟心情不配，通宵后当然先大睡一场。尤口中的"这儿"，于日光下是三条平行的横巷，微曲上山，邻旁盖了数间零落的平房，新旧分明，闲时野猫野狗几乎还比人车热闹。可不论地段，签下护林局四级林木监护专员的聘书，工作准离不开打芯片、数落叶、照色变、算风速、称泥土等。况自知不是植物学的材料，家族又跟农务无关，真弄不清三年前向局方报名的动机。

动机？找工作几乎是本能吧，反正动机还没猜透，对方已快人快语数列雇员合约的这项那项。动机？被选中便是应征者的动机。

三年于况而言，不过是年份的个位加一加一再加一。生活循环，植物也循环，可后者劳师动众得多：全城的公共地方种植的高矮壮嫩配有编号牌不说，连泥土也按品种注入监控药水，新叶发红，缺水发紫，落叶前夕发灰，开花时更会发声，"噗"！几乎吓坏鸟儿。每片叶每朵花必有芯片，保证生长数据实时发送至护林局。数据拿来干什么？况当值时不时随意问问枯叶，管他！反正局方偏爱收集，传媒又矢志追问，发点薪水我便给你做数据，不难！可怜功夫做得勤，叶枯花凋还是常事，冤枉！

严冬的日光稀有得来分外灵白，况把内外两层窗帘拉闭仍无补于事，可他早已适应于一片舒白下入睡，像天堂，只是楼下的车水马龙着实有点反差。被子盖过头会好些吗？不，还是听到哪里来的家伙敲响电话。

"谁呀？"况懒得看屏幕，向话筒直吠。

"师兄！不好意思呀！我无心阻你睡觉，我真的无心！但是——"

"说吧！什么事？"况不得不佩服自己的预感，把荫亭交给尤哪可放心？

"其实也不是什么大事，刚才突然大风，把十三路近交通灯的一大堆落叶吹散了，好一些还吹到对面街域的那个荫亭附近。那亭内的胖叔只管双手交叉在肚上，似乎不会多理。那我该——"

"当然要拾回来！"况如掀浪般把自己从被子揭出来，力度刚巧等于他想捆尤的那一巴掌。"只要叶上的芯片标明属于我们那三条街，即使它们被吹到你肚里你也要完完整整给我弄回来！人家那区当然置身事外，你好趁市容纠察还未巡到，赶紧追踪那批离区树叶的位置，下一阵风不知何时起！"只消几句，连睡意也骂走，况似乎跟楼下一样吵。

"明白！我现在就去！幸亏师兄你未睡，不然……"

"拾回来后马上逐一验伤，然后给它们登记轮候善终服务！天黑前办妥！"再见也无谓说。

四级林木监护专员重新沉到被窝，心也好像被装上芯片，不知什么引力正诱胁它、监逼它，再厚的被子也藏不住。大自然不都是天生天养吗？何来特聘专员呵护备至？况几乎想不通他的血汗是基于护木的心还是丰厚的金，连外界也对当局近年大举监管林木称奇叹异：有政治家大胆分析，当局既然管人不果，干脆退而求其次，管树吧！权力也！还可因此搅动一下劳工市场；阴谋与生俱来的部分学者刚巧相反，断言当局管树乃管人的试验，一旦上轨奏效，应用于人稳妥得多。若此，监控药水混进供水系统，婴儿发红，中暑发紫，死前发灰——照照镜便死掉——蜜运中更会乱叫……况还未来得及同情自己，先同情树木。

落红不是无情物，而是林木废物。没错，按护林局花了七年半编制的定义引典，"凡脱离植物主干的任何部分（不论因自然或外来因素），并与根部断绝输送而独成渐趋死亡或已死的前植物部分，一概称为林木废物"。当年况应考入局试分外讨厌这则定义，总之掉在地上给扫走的便是废物吧！这连尤也懂透，只是他们那街域的林木废物毫不简单：枯叶间中粘在狗粪上，残花又依偎着纸团，走运时倒会浮出一枚金币——况和尤当然一致认为此非废物——这刻尤把所有离区的落叶拾捕归案，窃看天还未黑，赶快分批送它们到荫亭内的验身波光箱，谁蛀孔附菌皴干崩裂一目了然；美的获派往加工场制成纪念品，没被选中的便入袋等候一口气呕进堆肥精炼筒，转世化成有情物，卖给区内市民，善终遗爱。

公共地方的泥土渗满监控药水不是秘密，市民当然防患未然。荫亭的零售橱窗呆呆陈列纪念品和堆肥包的样本，风雨不改，无人问津。谁会花钱把那些药水残渣带回家？以为换个包装贴片标签便能重生？废物永远是废物，说不定那些加工精炼过程还悄悄放大药水的监控作用，真没良心！难怪好几回况于荫亭当值时，刹那被模糊的路人大喝："奸细！"毕竟区内的居民爱在家中种些瓜果自用，要他们吞下奇端药水还不如要他们的命。

总算间间断断睡了大半天，连续八天夜班，况几乎愈来愈不清楚街道的模样，眼睛也仿佛对鲜明的色彩适应不来，但不至于抗拒。荫亭立在四方八面的深黑中，独照幽静；亭光饱满地包覆尤整装待发的身影——准时下班当然精神振作。

"师兄！来了！"尤拉阔嘴巴，上门牙卡着一点绿。

"有没有什么要我善后？"冷流阴险地随况蹿进亭里，他狠手合门截停。

"功夫都做齐了！不知走什么运，今天还有笔大生意！多亏我的推销口才天生——"

"生意？"况早觉眼角有什么不顺，果然橱窗的陈列品歪斜不一。

"十五包堆肥！这种客人真好办，不啰唆又豪气，我多想打给你报喜，但万一你睡——"

"是附近的人吗？"书桌的记录本几乎凝在中央那带，况一瞄便知。"你又没有写下来？"

"哎，师兄！反正系统都会自动记录，这本东西别执着吧！"寒风又看准机会突袭，但尤不慌不忙拉开门。"天亮见师兄！也不用刻意向上级表扬我，推销从不难！"

不多不少，书桌下的存货清掉十五包，顺编号。这客人真懂买，选了况不当值的时候。翻开记录本，况不知如何下笔。

风平浪静让寂夜特别难熬。打瞌睡是值夜的大忌，况的心老像被芯片警告。动动手吧，键盘有什么好按？总指挥机的屏幕没添写什么？怎么世界都不动呀？独我清醒多没趣！况一掌推开呆滞的键盘，正想腾出小片书桌倚睡，树却急急呼应！

"注意！十四路九二八三至一六七七四：紫色！"屏幕"咚咚"不绝，像久睡的病人从噩梦中喊出解咒的语码。

九二八三至一六七七四那么大段？况这手求求键盘查出自动浇水系统的记录，那手从书桌的工具抽屉捞起探射灯，果然没有不劳而获的薪水。

气冲冲拉喉上山，况怀恨在心得要紧。怎可漏看"浇水花洒头失灵"这项危机通知？卖了数包堆肥便得意忘形，连通知过时了自动隐藏也全不知情！消防的体能测试与我何干！怒昏的汗额被探射灯捆得涨充充，还不等照清楚路段编号，千万水珠已从喉头倾力发泄，眼前的一抹紫凉透心。

赏罚分明也许是公平的表彰。急救如斯大片林木，四级监护专员一夜成名。荫亭区区地方实在大材小用，护林局总务厅如何？至少日出而作，日入而息。况倒嫌路程远，不惯，仍不时想起尤这小子，可怜他将功赎罪，工时延长至每天二十小时，余下四小时改由系统自动监控，况再没收到他的电话。

"怎样，这儿舒服多了对吧？"直属上司寅的银漆名牌在胸前闪得扰人，况几乎想躲。

"都是工作吧，形式不同而已。"况接过刚印好的名片，两盒四百张，安息吧树木。

"看看有没有印错什么？"寅随便问问，头老早转回计算机那边。

名片呀！都从来没派给谁！有特定手势吗？今晚还

先插一张到祖先的神位。况无意盯紧名片上最长的那串字：

"资深助理四级半林木监护专员（非荫亭）。"

是升职了吧……况为自己的猜疑感到无知。

"没错，印得清楚。"

"那工作内容也明白吗？"寅把屏幕的档案翻到后页，明知况对这里一无所知。

"大概清楚，当然也十分愿意听听你的指教。"况自觉对答不自在，但不排除这就是上司喜欢的玩意儿。

寅忽然对屏幕不屑一顾，双眼全力瞄准况的前额，好像看穿探射灯的隐形烙印。

"你知道护林局是高度机密的机关吗？"寅放松眉头，往后躺。

"当然，合约也提及——"

"凡是'高度机密'的东西都是大骗子，对外宣称为了保障谁的私隐，行内无不知这是见不得光的作业。"寅期待况的神色变异，可对方还看似按捺得住。"你在荫亭都是听从那部总指挥机的命令吧？"

"是，依足指示工作。"终于能肯定地回答一句，况过去数年没有白活。

寅却像听到笑话般磊落地窃笑一下，几乎是被逗乐的样子。他把屏幕转向况。

"眼前这台计算机，正好直接控制各荫亭的所谓'总指挥机'显示什么。那夜的紫色恐慌，全是我在这里制造出来，好让你深夜活动筋骨！"寅在椅上手舞足蹈，那限度令他格外谐趣。

自知是劳工命，也没有什么可怒，况不识趣地问："是吗？"

"你脾气真好！'黄雀在后'这招你也受，果然是人才！"寅气呼呼地把自己拉回书桌，"你跑山事小，这里按个键，高电压一下子传到千挑万选的一片叶，熊熊山火唾手可得！还多亏媒体自作聪明，称什么秋天干旱成火，把我们的恶作剧嫁祸给大自然，真高明！"

四级跟四级半的工作范畴，简直是天渊之别。况向来抗拒事实。

"哪带树木碍事便灌虫，虫蛀当然要砍；哪边风水欠木，撒包种子洒些催生液也是常事。树木这东西好办，要生要死悉随尊便。这里的员工福利，莫过于过过造物者的瘾！很不错！"屏幕拉过来，寅拥抱树的世界。

案头的名片几乎没动过，连祖先神位的那张也老早拔掉。谁会自豪地向他人介绍这种工作？果然名为"奸细"适合不过。虽然不知寅以上还分多少级，黄雀后面又是什么，但听命行事似乎是况自求多福的基本条件；杀树种树不计其数，闲来依寅的脸色折腾各区荫亭的小喽啰，听说连尤也受不来，干脆赔钱弃职，这倒让况暗暗安慰。早前寅提出利用改良的监控药水打造荧光蓝叶的伪自然奇观，成功于海湾一带吸引大批游客瞻赏，带旺附近夜市，害得况难逃值夜衰运，于总务厅统观夜叶色变。

游客寄来的称赞卡固然不少，连包裹今天也收一大箱，颇有分量。大伙儿肚子正好喊得厉害，一窝蜂拥向那贴上"可食用"的包裹，况当然不离群。乱手拆开箱子，十五包开了口的堆肥，谁也看得出是由林木废物制成的那种，奉送一株小盆栽，红润的三角迷你茄吊在负重的嫩枝上，晃得诱人又吓人。还未读附上的字卡，"奸细"们已青着脸四散而逃，剩况一人傻乎乎，伸手抽出那字卡：

"吃吧。"无名氏道。

"你别过来！"寅从何方大喝，"快去消毒双手，然后召卫生专员过来处理现场！快！"

骚动后肚子更空，可全员食欲尽失。况团在座位上，瞪着消毒后干巴巴的双手。应该向寅汇报荫亭那夜生意大卖的事吗？那些堆肥包自有编号，待调查组发布消息才见机行事也不迟。无名氏倒没那么笨，箱子里的堆肥包编号全毁，可幸那棵迷你茄健康非常，营养测试满分，肥美口福白白断送。

　　既然追究无门，大家也把箱子忘得彻底，绝口不提；况清清白白避了一劫，每天怀着嫌疑上班，才发现护林局上下，位位芯片藏心，无所遁形。

　　　　　　（原载《香港文学》月刊二〇一六年三月号）

踩土

大方桌上万重卷图披叠交错，还刚遭韭百上加斤，狠手摊现美若工笔画的古寺复建设计图。图的两端照例不平则鸣，嚷着蠕卷回中心，结果讨来韭肆意捕条熟蕉，首尾各半当纸镇。

于蕉的甜香下，韭愈发难耐设计图的一切用心：寺内走廊容不下每天预算的旅客流量；间隔只腾出四房不说，连每房的壁画非金虎即银鱼，谁愿花五百七十当珠入场拍数张烂照？烂蕉的唾液浓浓黏黏，死缠不退，注定又是一张生来被毁的图则。韭于手下眼前画两圈，好让有人收拾那团甜糟。

换到会议室吧，可不又是另一团糟——部分列席发呆的小职员倒不上心，糟不糟苦头还是先由大的顶——落成三年的机动游乐场再度报忧，入场人次远逊会议室楼下的三明治店，按年亏损的幅度当然又较韭的加薪幅度翻一番，悲观得早让席上诸位麻木没趣；可怜负责这议题的健硕女副手还特意把电子简报调成黑哀风，韭记她一功。

当初落实游乐场的方案时，无不知这是冒险一场，但难得那幅近郊空地价低，附近毫无同类竞争场所不说，连周边居民也吞声忍气不加反对；过山车摩天轮顺势而生，逆境而存。韭沿着女副手的议程，回想四个月前才到访过他曾监督施工的游乐场。交通配套不赖，从市中心乘高速巴士一小时内下车，驶近郊区时还奉送万里农田、百户平房的乡土绝景。谁知眼角一扬！天空已被那刁难人心的过山车轨割个痕缝重重，视觉一错，连蠢蠢的平房也好像被俯冲的车卡连根掘起！

韭着实认为如此选址不可多得，巡查场内各样称心，唯游人不知全到哪里去，想擒一位做问卷交差也难。于是，女副手的"游客心声"那栏只好无声胜有声，如那堆列席发呆的小职员。

"先散会。"韭是大职员，自己的烂债无谓再丢人现眼，况且游乐场这议题本已是回终结——利润的终结，会议的终结。

卷图骇浪持续无章地涌扑八方，韭没注意蕉尸所在，倒好奇大方桌总是只满不泄，都说水有张力。不知是凭直觉或记忆——反正韭这动作干得帅——他毫不迟疑于震央以西南一带，掏出一幅半曲半伏的图则，把它置顶。

"一站式坟位上香机"。

没错，画得跟街头的自助饮料贩卖机一样，只是饮料样本换成先人遗照，要拜谁便按谁，投币后换来附有先人亲笔签名的答谢收据，多窝心。

"目前全城的所有分布点如何？"辛微妙地意识到韭这问题冲他而来，立时从大方桌后的另一大方桌旁跃起上阵。

"地下铁各站和八十七个热门巴士站均已确实合作，现正跟戏院和邮局胶着，对方似乎嫌设计过于呆板，建议我们加点声效，如先人生前录制的'我收到了'或'我不够吃'之类的短语。明天跟他们，呀，不是先人，跟戏院和邮局负责人有场午后会议，我们怎么办？"辛深知韭责任心重，把问题掷向上司当然妥当。

"加声效容易办，成本亦不高，倒是要落力着对方想想，除了'我不够吃'，还有没有其他增加收益的鬼话，愈多愈好。"韭用食指轻弹图则上首排正中的黑白遗照，简直跟他们的大老板一个样，要改。

大职员的居所称不上大，地铁一车厢的四分之一；乘客进车厢，韭循侧门爬到车厢顶的所谓"阁楼"为家。

阁楼防震防劫，即使一夜间巡回多个市中心热点，早上六时还是从头由首站开出，准时目送韭着陆上班。既然出入家门皆为首站，韭认为阁楼跟一般楼宇单位无异，不动产也。阁楼有窗，象征式，韭头一次试开差点连人带图吸出窗外，连隧道电缆也"叽叽噗噗"洒滴火花欢迎；至于窗帘，还是长期闭合为宜，风景太快，私隐太多。

"年度最佳平衡美学和透光通风设计大奖"的螺丝形纤维油脂奖座，驻在阁楼靠门的双层玻璃柜里，不偏不倚，却从来好奇窗外风光如何。与生俱来的平衡美让韭悠然压过车厢拐弯的摔力，手中咖啡稳如步履，还未坐下，家已掠过百幢大厦。餐桌书桌兼任的独脚圆桌承托古寺复建计划的历史和文化参考数据，不比饭盒里的特级牛排薄，可韭的心似乎早已较牛排凉薄得多——都跟健硕女副手说好，别费时力搜罗这堆古字古画，复什么建？毁了又复根本没意思，要建便建全新的。今日的建筑今日的文化，往日的建筑往日的颓垣，先人的鬼话生前要录好！犬齿一噬资料报告尽是肉汁，跟页上述说的那场战争一样血腥。

阁楼绕了市中心八圈时，韭刚巧梦见人来人往的街道摆满全是自己遗照的坟位上香机，亲不亲的人皆来排队献意；生养死葬全包，公司有良心。

离鬼话连篇的午后会议还剩三小时，韭干脆出外走走，实地考察乃分内事。古寺原是二为一对，惜一焚一存，存的无人敢动，焚的大兴土木。游客流量尚算不错，倒是他们跟名胜拍照的时间实在磨人，害得人流难以推进，有碍入场速度。明知韭顶住地盘安全帽，还无法无天挠截他当摄影师，这一家四口真不客气。

"麻烦你帮我们跟这寺拍张照可以吗？"老妻把墨镜沿发线推高，眯着眼问。

"可以。"韭也眯着眼凑近相机。

少夫接回相机检阅。

"可以不拍那吊臂车和天秤吗？只要那古寺。"老妻把少夫的心意说中。

"我再试试看。"艺术感原本不俗的韭戴安全帽又拿相机，旁人实在难以信任他的摄影技术，连镜头下的一家也笑颜难展。

如何不拍那吊臂车和天秤呀？镜头那么小，人那么多，移来移去吊臂车和天秤要抢镜也没办法。韭补拍数张交差。

"要么裁掉你的小千金，要么削走古寺的顶钩，没有完美，别贪。"韭把戏人的相机退给少夫，不解他为何为爱断送青春。

踏进自己的天地，地盘人人称他韭兄。韭兄迷恋名牌皮鞋磨滚沙地的粗声，专业又权威，只是这地盘老让他抬不起头。一抬！旁边那幸存寺仿佛就要厉声喝他："别乱碰我的双生儿！"

韭唯有低着头，往沙地吐口水。

行内少数不携图则监工，韭属其一，如那些不备剧本到片场的天才演员；韭心中有图，且随时修改，爱变通的人也许分外讨厌顽固的历史。

"除地面那部停于各层的升降机外，可否多建一部直通顶层观望台？估计游人大多志在攻顶看风景、拍风景，且强化无障碍设施，吸引更多老弱残兵来缅怀当年，准是另一个市场。"皮鞋边溜边踢，问沙地意见。

"原本那部升降机已占据整座寺的中梁位置，牺牲了古寺本身重中轻侧的设计；若再要腾出空间多造一部……那么……哪儿才好？"工人头目几乎误信项目已改为兴建商场。

"那里。"果断一指，仿佛升降机已瞬间落成，在韭眼中。

"哪里？"虽有自知之明，但工人头目仍难禁不分尊卑挨近韭兄，尝试从他的角度叨点光。

"左边侧门，额外加建一部，如积木般明显地贴过去，凸出来。"韭从来视建筑如积木，努力兴建，尽情破坏，不都是小孩最过瘾的玩意儿吗？

工人头目佩服韭兄如此显浅生动的解说，一时意外却又把尊卑抛在脑后。

"只左边的话，那右边——"

"平衡与否不在视觉，在心中，多乘地铁于你有益。"韭朝那升降机的幻影滑过去，古寺如此真方便。

都说那鬼话会议还不是时候，辛的来电未免操之过急。

"什么事？我仍在古寺这边。"

"游乐场那边出了意外，死了个人！"明明自己非罪魁祸首，但辛通报起来极心虚。

韭好像瞥见身后的幸存寺冷笑了一下。

"我到那边看看，你再给我消息。"韭清楚这样想很凉薄，但他实在好奇游乐场从来无人，为何一来便是个死的？

场内如常冷清，不，大致热闹了一点——消防救护记者都来捧场。韭鲜有地把工作证挺在胸前，堂堂正正招惹四周的追究和唾骂，又急步物色一名像样的警长了解情况。

"男子，六十二岁，听说是附近的农民。下午一时八分左右，被发现抛出过山车车厢外，伏尸场外以北的一片菜田——好像正是他家的。家人发现尸体的时间跟场内职员报警的时间吻合，这回至少须闭场两周调查取证。"

"明白。家人在哪里？"韭忆起入场试玩过山车那天，跟现在一样怕。

"在家，情绪已稍为稳定。"警长拍了拍韭的右肩，好自为之，然后转身向传媒交代目前消息。

韭沿心中的地图，靠快捷方式追抵过山车下的操控室，操控员孤零零于室内受吓。

"他是常客吗？今天他一个人来？车上有没有别的乘客？"韭绝不界定此为责问，但难阻操控员乱想。

操控员瞄瞄韭的工作证，心血又失了一大截。

"稀客，稀有到只此一次便永别了！这日子这时候难有别人，他独霸整列车，我还替他过瘾！转至一圈半时，即是从相交回环谷底跃起那段，眼花花看到什么从车上飞出来！揉揉眼睛车已无人！"操控员的慨叹于狭小的闭室内格外震撼。

"车按轨道顺利运回起点吗？"韭凝视操控键台左下方的总开关键，不舍它就此不醒。

"顺利，然后一直停在这里。"

愚木

20

阁楼停在市中心第三站快二十六分钟了，列车信号故障，车厢内等的等，逃的逃，如常较阁楼烦乱得多；既然窗外难得缓下来，韭把窗帘梳至一边，眺望点点灯火。

入行二十余年，地盘工伤在所难免，丧命倒是头一次，还要是个消费者，对公司实属致命一击……但机件技术绝不可能如此离谱，安全模式毫无通报，那操控员看来亦非马虎之辈。

韭还未想通，地铁已通车了。他不甘心，风景又陡然一趟。

游乐场不到两周便获批重开，全赖肇事车厢的镜头把一切说明，又似乎不是全然明白——死者于飞脱前一刻，故意解除安全带仰前攀舞，被警方列为自杀案，场方清白。家人异常冷静，既没申冤亦拒追讨，反正传媒准会发声：

"游乐场侵吞农地村民飞驰以死控诉。"

"农夫疑嫁祸自杀迫游园结业。"

"游乐场成烈士葬地恐掀自杀血潮。"

说中了，拥戴正义的人不知是否如此多，反正场内自杀花款多：晴空跳伞黑夜战机都受欢迎，可是致命率始终归过山车称霸，不愧是先河。重开一周，九条人命，自杀证据再足，也不能厚着脸皮继续营业。

健硕女副手再次把游乐场的电子简报调成黑哀风，还名正言顺加插默哀环节，好让三小时的会议快耗点。这回的"游客心声"不再无声胜有声，其中成功丧命的九人确凿于问卷上写道："葬哪里也好，就是不要贵公司那台坟位上香机。"然后女副手顺势把议程扣至坟位上香机的选址和设计最终图，韭记她一功。

如果人生最大的娱乐是自杀的花式和刺激，韭倒认为游乐场属他多年来包办过最成功的娱乐场所，入场收益和人次不计。默哀时他认真默哀，闭着眼看不穿镜头下的农夫是欢腾或仿佛。

纵然没有将功赎罪的意味，但韭推动坟位上香机这项目显然倍加落力，果然是公司的一级忠臣。上香机甫于八十个热点试业后，便收到大批坟位认购申请表；有的贪新鲜，替先人"搬屋"，有的贪方便，免得死后劳烦孝子贤孙上山下海来鞠躬。

一部部上香机浩浩荡荡融入市貌，位位先人目不转睛送别月台乘客。渴得要命的小孩一时糊涂，生气上香机不诞下汽水，拳打脚踢令先人心疼。夜至，巴士站旁的众灵于上香机的白光管下栩栩如生，候车的人大无畏。

市场反应理想，利润节节上升，韭干脆发动搬迁重置计划，一大幅一大幅依山临海的墓地通通买起，"清场"后改建什么也好，反正逐户配个上香机的坟位还聪明划算。当然，重亲情的大有人在，但这类城市规划从来讲条件，谈好了，什么也易办。

韭一口承诺，让受牵连的先人抢先体验上香机的独家自动上香服务，每天五餐不愁温饱。不满意吗？韭再附送辛随口提出的优待，相关先人一律获配彩色遗照示人，包后期修图服务。谁知孝子贤孙果真就范！都说虚荣这回事，世世代代也爱；自己没出息，只好靠旁门左道为列祖列宗争光——白光管的光。

会议上难得没有黑哀风的电子简报，健硕女副手看来格外明艳照人。坟位上香机的据点有增无减，"孝子心声"好评从先人的声效至签名至机内左邻右舍的素质，句句铿锵，韭认为会议终于有点意思。

辛的电话没有调至静音模式，韭记他一过。

含含糊糊挂线后，辛满满暧昧的神情真让韭受不了。

"怎么了？"

"古寺地盘那边打过来，说天秤不知失什么常，狠狠向幸存寺掴了一记耳光，二楼至顶层穿了个大洞……"

黑哀风卷土重来。

23

踩土

"伤亡？"韭站身草草收拾文件。

"暂未清楚，但似乎游客仍不少……"辛又莫名地心虚起来。

"你继续给我消息。"

韭沿心中的地图，靠快捷方式赶抵面目全非的双生寺园——那是非积木几何所能构拼的遗址现场。三百二十年的修为随救护车和封锁线四散不止，连幸存寺也终于看不出什么平衡美，缺陷不输亲爱的双生儿地盘。韭不知工作证掉到哪里，反正他不甚愿意抬头挺胸，难保头一抬，听见幸存寺央求双生儿把天秤摔过来，同归于尽总比一生一灭好！

（原载《香港文学》月刊二〇一六年十一月号）

听 话

刚放下玻璃杯，杯里的水平线虽然还在荡漾，但已明显浅过那杯底以上两厘米的警戒红环。在昏黄的木工房餐厅里，那濒危的水杯"哔哔"地跳起霹雳舞来，舞步随红环的闪动愈加忙碌，招引部署在水吧前的侍应连忙扛起水壶，边跑边泄，状似扑火般牵扯臂筋，及时在水杯自动引爆前添得满满。

过关。

"不好意思，先生，请继续慢用。"那侥幸立功的侍应小姐撑起喘着气的笑容。

贸知道若侍应无法于限时内为将近干旱的水杯注水，便会酿成水杯自刎，损失从侍应的薪金扣除，但他实在太口渴，不论是天气热还是味道浓，反正他就是渴得要命，唯有赌赌看侍应的步伐有多快。

好端端的一个星期三，月历却给它涂个大红，注"私生子受难日",公众假期。贸自问母亲是正室,而自己一直是单身,酒后又从来没女伴,何处惹私生子?又为何今天不用上班?贸一时多想,把叉子错放在应放汤匙的位置,电磁台布感应到餐具形状不符,立即喷出催泪烟,以为有歹徒生事。

贸看穿又赶过来的那位侍应小姐,心里正毒骂他:"麻烦友!"

"先生,有什么事需要帮忙吗?"

"哦,没事,一时错手放错了。"贸眼泛泪光地拨开浪漫的烟,重遇侍应的脸。"可以帮忙关掉这些吗?"贸咳起来,又口渴了。

"现在可以了,先生,请谅解这是我们的高度保安措施,不便之处,敬请原谅。"

贸举起手,用食指和拇指连成一圈,侍应便知悉而退。也许是有违平常作息节奏的一天假期,又或许只是餐厅人太多,贸就是无法平心静气地享用眼前那份一人晚餐。反正喝水喝饱了,即管结账。拐个弯找到商场男厕,抬头除了发青的"出口"中英文指示牌,还有"厕格余数:三",供求关系真是无处不在。贸怀念从前一排排就绪的尿兜,爽快了当;近年却因为有市民入禀法院,称男厕的开放式尿兜有侵犯隐私之嫌，一声令下，男性如厕只剩下厕格这选择。

一关门，外面便传来一把提嗓的妖声："尿尿前请先拉下裤链！"尾音拖得长又高，像太监。贸连上厕所也不自在，恐怕受难的不是私生子而是他。出来洗手，那太监果然把拖把当作尘拂般架在臂上，站姿公正，只是制服比宫服少了点金丝银线。贸从镜子凝视太监，好奇他一天要站上多少小时，对白除了刚听到的那句，还有其他更有利公民教育的吗？

不知贸的眼神是否触怒了太监，他捧着垂柳般的拖把，突然走近贸，还自作主张关掉贸的水龙头。

"洗手不得超过半分钟，请珍惜水源！""源"字还掉了音，但贸看在太监敬业乐业的份上，忍着没有笑出来，还补上一句："辛苦你了。"

按下"十六楼"，贸便被困在四壁皆是电子业绩报告板的升降机内。除了头上那稳步递升的数字，他根本无从得知这密闭的箱，到底正飘浮到什么高度；那稍稍上移的感觉，伴随报告的自动揭页式，还真像主题乐园的虚拟秘屋，令人动弹不得。

"你的目的地到了，祝你有愉快的一天！"从不露面的小天使欢送贸到办公室，犹如娇妻吻别快上战场的丈夫，温柔得令人不舍。

十六楼被称为"球场"，满目皆是一个个透明的大型充气滚球，对，像水上康乐的那种。每球限坐一人，内设有计算机和工作桌，属高透明度的员工工作岗位。贸迟了三分钟，过街老鼠般穿插在同事的气球之间，好不容易蹿到自己的那球，谁知左脚踏进去时突然发软，害得球一个接一个地滚了滚，如地震，但同事们调调坐姿，球阵又回复原状。贸这罪魁祸首当然立即躲进球里，坐稳，开机，祝自己有愉快的一天。

可能是昨晚光喝水的关系，贸的肚子总是咕咕作响、半气半水的，加上整个早上枯坐着寸步不移，腹部肌肉绷紧起来，还真想一鼓作气从十六楼直滚到地面，再滚，滚到不会碰到任何东西的地方。

心不在焉，贸只好鬼祟斜视邻近的同事。偷窥总会带来快感。可惜，如他所料，旁人一如既往地嵌在气泡内，像巨型"扭蛋"中的模型玩偶——你动，他便动；你不动，他凝固起来。贸没趣地把眼珠转向计算机，交给袋鼠牌原子笔这客户的初步建议，明天便是限期。反正是初步，不管了，一于建议袋鼠牌于每支圆珠笔的笔盖贴上"听到咔一声方才完全盖好"这提示标签，以解决该牌被投诉笔嘴易干的问题。

至于光速巴士集团的让座问题，贸改了四次，还是被对方嫌标示不够明确，无法让公众准确拿捏让座的标准。贸干脆奉陪到底，再把标句修改："请让座于腹围逾三十三寸的孕妇、头发黑白比例为二对七或以下的人士（染发者除外）、步速低于每秒三分一步的人士，以及合计超过五袋物件的妇孺。"贸相信这次应可成功过关，他直觉相信。

天旋地转，又地震，这次是谁呀？贸和同事把工作桌按好，摆摆臀部，但球阵好像还是松散了。大家左顾右盼，深知不妙。没错，后排的一个气球漏气了，透明的胶罩皱缩如茧，真空地裹着一条女尸。贸正尝试记起她的名字，曾听过有人称她为梅，不，应该是菊。还没等到保安到场善后，各人已重设一般工作的模样。这是本月的第三宗吧，贸心里数数。为防员工再自杀，公司早已规定球内不得有任何锐器，连文具也全部没收，改以键盘和鼠标代劳；即使指甲也要每天午饭后，让大闸的红外线机照照。那菊到底使了什么计？贸于下午收到公司的特别电邮，原来是藏在发髻内的发夹，轻轻一刺，窒息送命。

地铁车速虽快，但光是排队便够耗你半生。每当贸被安排于绿色车厢前候车，便觉走运，因为绿色车厢按乘客的生日月份排队，一月寿星当然分外受惠。地铁职员把乘客逐一分配到不同车厢，牵着乘客的衣袖领他们顺序排好，时而按高矮，时而按贫富，总之由职员发落。可这次贸倒霉了，他被带到桃红车厢前，按近视深度他当然输了，唯有托着厚重的眼镜在队末垂头。

大部分信件都已电子化，单位的信箱快面临"失业"，但贸每天回家时，依然会探探信箱内的漆黑，打个招呼。这天他看看，竟然有"馅"，中奖般赶快掏出钥匙拆礼物。薄薄的，看不出是什么来头。贸也不管把信封口撕得血肉模糊，非信，纸条也——"你为什么还在这种鬼地方上班？"只一问，没姓没名没奖金。谁的恶作剧呀？贸一股被愚弄的不愤，把信封煎皮拆骨。咦？原来有奖！他抽出信封角的一团东西——一朵小黄菊。

她真的不是叫作梅吗？贸连信带花藏在掌心，打算上楼泡面吃，从此不敢开信箱。

随便一个泡面都是一样味道吧，贸从橱柜里抽走一包，多疑地查看一下食用日期，"最坏食用日期（年／月／日）：心情最坏的一天"，真合意。他把包装拆开，应该没有菊花吧？为什么她会盯上我？这算是她的遗言吗？她怎知道我也确实认为"球场"是鬼地方？那倒不用说，光是前同事的鬼魂已够鬼。水沸，他把最坏的面与最坏的心情投进地狱泉，再把它们吞进肚子。虽然劳工法例规定，不论工种，雇员合约须附上生死状一并签妥方生效，但贸从头到尾都没打算"卖命"给公司，他清楚自己不是自杀的那种人，如非必要，他一定不会自杀。

升降机数到"十六"便放人，贸这天比正式上班时间早了五分钟，一副光明磊落的样子炫耀于"球场"的曲折隙径间；菊的那球已住了新面孔，贸好奇此等公司还真有人排着队加入。他如常钻进自己的滚球，不妥，怎么晃得那么厉害？按按内壁，原来又补充了气，害得打个呵欠也会"火烧连环船"，惊动球阵，老板的计谋愈算愈辣。贸不敢问同事有否收到菊花之类的东西，有关那便条也难以启齿，始终大家惯于当大家"透明"，从年头到年尾谈不上半句。

仇视今天的工作清单，贸不禁重复想起菊的那一问。老实说，从加入这公司的第三天起，贸一直心存如此的问题，奈何东家西家都是新瓶旧酒，注定人逃不过鬼地方，且万劫不复。正当贸打算排列清单的次序时，"老板要求通话"的窗口突然傲霸全屏，死神来电，贸打起十二分精神，戴上通话器，一按，老板的巨脸差点从屏幕掉出来。

"早安，老板。"贸恭敬地向镜头请安。

"你是编号一三〇五三吗？"老板吸一口雪茄，把屏幕喷得烟雾弥漫。

"在下正是。"

"昨天自杀的那个人，交了一封遗书给我。我没空读，刚才才发现她于信中指你曾性骚扰她。"又一阵烟，贸仿佛想咳起来。

"什么？老板，我不知道为什么她要冤枉我，但我连她叫阿梅还是阿菊都弄不清，怎会——"

"你认为强奸犯会先问对方尊姓大名才下手吗？"

"不是这个意思……"贸一时激动摆了摆椅子，不慎推动了旁边的球，只好把对讲器拉近嘴巴，镇住声线，"但我真的没有做过，我整天躲在这个球里，哪里有机会性骚扰她？"

"那若你现在向镜头露出下体算不算？"老板的脸在烟雾下若隐若现，像极艳情片的诱人手段，"虽然死无对证，但为免夜长梦多，明天起你不用回来了，会计部那边会给你算好。"

"哔" ——

"老板！"贸一喝，把同事的眼睛都呼唤过来。

如此冷冰冰的办公室，何来火辣辣的性骚扰？贸觉得这罪名简直不可思议，决定上诉。太天真，所谓上诉也只不过是名存实亡的伪善制度，老板大人的裁决谁敢推翻？重看今天的工作清单，无谓，果然是鬼地方，还是走为上计。

真讽刺，下班后贸获发配到绿色车厢，算是安慰奖。失业不是什么大事，反正转工于贸来说是闲事，倒是含冤离职着实令贸不知所措，几乎偏离现实的逻辑。难道菊看上了我，干脆效法《罗密欧与朱丽叶》引我私奔？贸没留意车门已开，霎时被洪水般的一月寿星涌入车厢，利落地冲走私奔的想法。为了令生活容易些，贸姑且相信菊只是看不过眼"球场"的一切，于是死前随便找个人愚弄一番，消消气。运气这回事，贸向来提醒自己无须执着。不用上班的明天，必定是愉快的一天，贸在拥挤的车厢内暗自豁达起来。

填写职位申请表，闷了大半天。贸不知从何时起，已把幼儿园至大学的各科考试成绩背得滚瓜烂熟。这堆数字与身份证号码一样，关键但毫无意义，反正就是毕生代表贸。父母和祖父母的背景也要交代清楚，贸确有一刻怀疑是否在应征什么皇室的女婿，如梦初醒才发现只求公共图书馆管理员一职。"上次离职原因"一栏真尴尬，难道写"被冤枉"可获加同情分？为什么总是要揭旧疮疤？算吧，委屈只是一时之苦，贸干脆大方填下"知难而退"。

皇室女婿没有贸的份儿，倒是他穿起图书馆制服意外地威风。他被分派至巡逻队伍，管人不管书，跟一名气质酷似家庭主妇的曲发女上司，大家姐。

大家姐先带贸绕几圈，提醒他要格外留意各处的标志和警告，尤其是阅读区，那里的所谓"读者"多数是没事干的懒虫，捧着倒转的书打瞌睡。贸的重责就是逐一叫醒这些被列作"不诚实使用图书馆"的人士。

"你看见那墙上的标志吗？'不得在阅读区进行非阅读的行为'，只要你一捕捉到任何不在阅读的人，便上前让他选择实时阅读或离开。"大家姐雄赳赳地把双手收在背后，金睛火眼扫视阅读座上的一举一动。

不用困在滚球挺腰危坐，每天瞎逛数圈便下班，有益身心，贸当然办得欢心，连声应好听从大家姐的指导。

"你可别松懈，以为放他们一马便可瞒天过海。我们巡逻队自有标准，每天每队员须擒捕至少三十名'不诚实使用图书馆人士'。如该天不达标，便把差额乘以时薪，从薪金扣除。"

贸这时有点犹疑，放眼环视男女老幼的读书人，想象每天动辄要上前骚扰他们，便觉唠叨烦厌，果然又是鬼地方。

"你看到那老伯吗？他已闭目超过十五秒，你上前试试看。"大家姐一掌推开贸，他几乎绊倒的脚步声立时令阅读区抖擞起来，像集体于寺庙禅修时被住持从后棒打，防不胜防。

老伯还是合着眼。

贸守在老伯身旁，看他挂在颈上的老花眼镜，手按着第八十九页上的木质书签，挣扎拍肩或拍臂才最温柔。还是多让他休息片刻？可贸知道大家姐盯得紧，首次表现绝不可以欺场。老伯，得罪了。

"先生，这里不准睡觉，请你继续阅读，或离开此座。"贸轻拍老伯松弛的手背，自觉欺人太甚。

老伯乏力地睁开倦眼，转转手腕，把眼镜悬在鼻上。

"不好意思，年轻人，读得困了，今天到此为止。"老伯没有为难贸，把书签藏好后，曲着背慢慢站起，温暖的座位空荡荡。

随着老伯轻弱的背影，贸返回大家姐身旁，借刀杀人果然令她看得满意。

"不错，很易办对吗？今天先让你热身，明天起必须达标。只要心狠手辣、一视同仁，这工作自然得心应手。"

赔了数星期薪金后，为了生计和晋升机会，贸还是狠下心肠，对阅读区"大开杀戒"。持书的留心贸的踪影多于页面的精彩，阅读从享受沦为监控，区内人心惶惶。贸无暇看顾读者的心理状况，只管心中默默数算累积起来的"人获"，按章工作，又一天。过关。

权力使人上瘾，贸干得愈来愈起劲，自觉是阅读群的长官、督导员、操控者。超额的"人获"为贸赢得"最佳业绩擒捕手"的殊荣，且每月蝉联，还刚打破了大家姐七连霸的纪录。握着胸前的奖牌，贸迎来上司刮目相看；即使每夜刚入睡便如身体条件反射般拍醒自己，像拍醒合眼的读者，弄得彻夜失眠，贸也没有一点累。只是近日贸被地铁职员分配到黑色车厢时，竟然按生命指数与打着点滴的轮椅老人并排，牵起部分乘客质疑职员的公正。贸对此不太介怀，反正车厢的优先座顺理成章成为他的囊中物。

这是大家姐放长假前最后一个工作天，她与贸如常分头负责阅读区的前后部分。为了精益求精，高层早前下令为阅读区推行新的使用措施，还为巡逻队添置相应的随身设备，如拉尺以量度读者的眼球和书本的距离、为阅读惊栗或色情小说的人士而设的脉搏计等。正当贸为一名金发女童量度脊椎与坐骨之间的角度时，大家姐跟后排一名胡须男子吵起来，好像是因为男的把报章翻来覆去，揭页声超出分贝限制。

"翻报章当然有声，不然请你示范一下。"胡须汉不服气地一脚踏在椅上，报章如蝴蝶般张开对称的双翼，在木桌上一动也不动。

"我的责任是捉拿所有违规的图书馆用户，而非身教。若你无法控制揭报的音量，请你马上离开。"大家姐一手拿走被践踏的椅子，一手直指出口的方向。

胡须汉怒目斜视大家姐左肩上的职员编号，逼近她的脸装腔读出无声的数字，眼神留下一句"我记着你"，便沿大家姐的手指方向大步离去。

贸认得那男的，是惯犯，初上班时不少日子靠他达标。贸以为大家姐早已对那男的见怪不怪，岂料她赶走他后，还没等到午饭时间便气冲冲地闯回员工休息室。贸没见过大家姐这样。

休息室冷清清，大家姐一语不发，但看起来又像有很多话要说。贸像一头乖巧的宠物，静静地坐在大家姐旁边，等她开口。

"这几个月来我一直忍着，但情绪始终还是带到工作上。"大家姐把五指湮在无底的浓黑曲发中，抓来抓去也没有收获。

"你认识那胡须汉吗？"对于大家姐的情史，贸愿闻其详。

"我看起来像会交这种素质的朋友吗？"她的指头在发丛中躲来躲去，像虫，"你有没有留意他刚才那份报章？"

贸摇头，不好意思。

"他读着的那篇，是关于一个被称为'球场'的办公室。由于员工长时间被困在大型滚球里工作，导致全体职员患上石化症，终身僵硬坐在球里。那公司的老板刚决定把所有球原封不动卖给蜡像馆，一个一个连人陈列出来。"大家姐用双手比画，括出一球接一球。

贸从没想过差点成为蜡像馆的展品，他略略伸展十指——活的，菊救了他一命。

"我的好妹妹月前便因受不了而当场在那办公室自杀，她就这样走了。"大家姐咬紧嘴唇，不让眼泪流出来。

是她。贸肯定，但还要问。

"你的妹妹是不是阿菊？"

大家姐眼睛一瞪，泪顺流，如当时认尸般忍痛点头。

"我曾在'球场'上班，菊出事那天我也在。"贸不忍自己的说话令大家姐更伤心，但更怕她会发现菊在遗书中的控诉。

"她就这样一声不响地走了，字也没有留一个。"

"没有吗？我的意思是公司应该已把菊的一切私人物品转交给家属。"贸自觉在玩火，在这时候试探大家姐确实是玩火。

"有，遗物有，遗书没有。"她转弄胸前那戒指形的项链，又捏紧它，"这是我送她的二十岁生日礼物。"

大家姐把曲发从额扫到颈背，用力握按贸肩上的编号，呼口气说："在这里好好地干。"留下贸一人在休息室。

他花了半天也想不起何时得罪了"球场"的老板，还差点达不成标。

神不守舍还是早点回家，免生意外。经过无人问津的一排信箱，贸疑幻疑真地探探久违的那一格，安心的一片漆黑。住在隔壁的妙龄白领这时冲过来，一股劲地扭动串有过多铃铛的钥匙，信心满满果然有信。女的一边拆信，一边与贸踏进升降机，不忘谢谢贸按下二人住的那层。

"是我男朋友寄来的，约一星期便一问一花，今天是……"女的掏掏信封，"蒲公英！"

"他真有心。"贸看着她用蒲公英搔鼻子，直觉今夜起不会再失眠。"晚安。"

（原载《香港作家》双月刊二○一六年五月号）

愚木

益 寿

出门手册上列明的用品都带齐了吧？尧再三检查背包的内外，窗外虽然天明，但沙尘暴或冰雹雨要来便来，还是别掉以轻心。尧一手把背包摔到背后，恰度的重量教人安稳，可关门后世界随之动荡起来。升降机内早已待了三

人，身形看上去尚算平均，但尧估计午饭时候刚过，恐怕各人的体重都在挑战这陈年升降机的负荷。眼看乘客们安泰的脸，尧早着先机，于暗角悄悄握紧扶手，倒数最后三层，还不深呼吸？来不及了！轰隆轰隆的光芒沿门的间隙溜进来，着陆只是侥幸的一回。尧随乘客步出大堂，在背后祝愿他们出入平安。

跟锁定的巴士站有五街之隔，即使那是多么熟悉的五条街，微妙的变幻也足以酿成危机。尧使出指定招数——伸缩雨伞外加置顶弹网，紫外光和水滴事小，高空掷物才是防不胜防的横祸，当然要挡。街口的红绿灯声画俱备，

但违法的人总是免不了；尧唯有托起挂在胸前的短途望远镜，确保一百五十米内没有车辆驶向街口方向，才故作自若踏出马路，灯是绿是红管不来。

经过正在翻新的婴儿健身中心，什么？尧竟确凿地嗅到浓烈的防潮但不除菌的非有机油漆，口罩不是在脸上吗？尧骇然向脸摸，一扑便是活生生的皮肤，是外露的鼻！尧连忙掩闭受袭的脸逃离第四街，夹紧下巴与颈的距离，撑着于事无补的伞至街角，一手叉进背包的应急外格，还剩六个口罩，尚且能熬过黄昏。尧重新整装，不稳定地吸一口清新的纯棉味，口罩几乎是鼻膜。

"多活数天，多活数天。"尧立在队头，边仰视确定站牌的巴士号码，边在心中念求，顺道为自己打气。乘双层巴士当然选下层，尧目送一个个转上巴士楼梯的呆子送死，自觉有心无力，唯有盯紧座位旁的敲玻璃手锤，时辰一到一马当先；倘若时间许可，说不定还可帮一把前面右排的迷你裙少艾，尧决定看情况再说。他从裤袋掏出手机，把眼前的巴士路线与附近的路面环境同步，预备随时冲向司机指点一二。急促的呼吸令口罩的棉面富节奏地胀缩胀缩，如心瓣，恐怕还要这样下去好一会儿，才有命下车。

逢周六尧例必到郊外租借的农地一趟，巡视农作物的生长进度，并认为定期赤脚踏踏鲜土，有助天然矿物直送经脉。尧的有机收成大多归自己和老人院的外婆享用，丰收时也间中①让外婆邻床的南无婆沾一点。农地的种子全由外国进口，每款的营养标签几乎跟南无婆的佛经一样厚，可尧撒种前必把它们通通读透。

"怎能不清楚吃进肚子的是什么？"他老是鼓励自己多用功，用功于保命。

"辛苦你了。"尧一边系紧下巴的草帽绳，一边轻踢稻草人的独脚。外婆的大头照面具在稻草人脸上早已晒得黄黄白白，但驱鸟赶虫愈加见效。尧俯身阅读泥上的温度仪，合格；洒水器的喷雾模式如常把彩虹一段段地映在迷离的空中，看得植物快高长大。长熟了的有谁？尧心中一算，该是左下区那角辣茄和泡泡瓜吧，外婆最爱吃泡泡瓜粥，止痒安神；至于辣茄还是继续留来酿酒。虽然农地的空气含氧量高，但今天的紫外线似乎太强了，尧唯有草草裹好收成，冲净双脚，提早结束农耕时光。

比平常早了近一小时，正在看卡通片字幕的外婆一嗅到泡泡瓜的鲜草味，便胸有成竹地转过头来，上排的假牙

---

① 粤语，偶尔。

笑得快要剥落。

"来了！"外婆年届九十，但声音仍吵得惊人。"让我看看这次有多少？"她软弱地拉开尧递上的大环保袋，袋口透露至少有五个泡泡瓜，她笑得那排假牙咯咯咔咔。

"待会儿我让姑娘们拿去煮粥。"尧把坚实的背包卸到床尾，又从口罩的那格抓出牙刷和消毒液，在掌心揉出即生即灭的泡沫，再用牙刷狠命地擦拭指甲和指间的小谷；冲水，印干，方才拿下床柜顶的一个香橙，抽丝剥皮后喂进外婆的口中。

"好酸，你真是好孙！"外婆嘴角的橙汁朝下巴流淌，尧赶紧用不含荧光增白剂的纸巾止住了。

尧凝看外婆的酒窝与交错的皱纹连成人马座的星图。九十年，如此漫长多灾的一场，她是如何历过日子而无伤大雅地在此安看卡通片呢？光看红绿灯可以了吗？果然还是楼梯较升降机稳妥。外婆从白内障的眼中探看尧专注的脸，如小时候看漫画般入神。

"发什么呆呀你？"

尧被变形的人马座敲醒，眼睛眨得令外婆不知所措。

"外婆，九十岁不是很长吗？"尧一问好像令隔床的南无婆有所顿悟，"南无南无"又从喉头奏起来。

"小子，你是不是没钱替我交院费，想我早日归西？"外婆瞄瞄缩在床头的南无婆，又像看不到什么似的回过头来。

"你放心住下来吧，只是，要活那么多年，岂不是要花很多工夫保护自己？光是这背包已令我快驼背了。"

"小时候你的书包已重得离谱，现在你还背什么上街呀？"外婆总是觉得尧那背包不合眼缘，但又怕他没闲钱买新的，"什么保护自己？要死时即使穿盔甲也是白穿，要多活一天时伤风感冒就当辟邪吧。一天一天，很快九十。"

"可那是九十年，不是九十天。外婆你还想多活数天吗？"尧仿佛又刺激到南无婆，萎缩的双腿伸合不定，床单皱得可怜。

"多一天少一天都是这样，无谓计算，但最好你多来看我。快去把那些瓜拿给姑娘，饿了！"

外婆可算是尧唯一的亲人，虽然父母仍在，但父和母多年来天各一方，什么节日也无法把一家凑在一起。与其说是亲人，"有血缘关系但不亲的人"好像还更合理。尧没有遇过什么大劫，灾后恐惧甚至如何磨人的不治之症都没找他麻烦，但他就是怕死得厉害。他也不是异常认为自己的性命何等宝贵，也许他会惋惜死后无缘排队一试那历久不衰的人气蒸馏水店，多活数天至少可多看廿部四维连触感色情电影，免费那类。

活着多好，又多难。

尧曾打算学医，似乎对保命有利，但恐防"能医不自医"这厄运会凑巧应验；倘若医死了人，冤魂恐怕也要他血债血偿。于是，尧只好发愤研习各门各派的养生食疗配方，正的偏的都试，反正蟹眼樱花狼毛拌奶酪原来也颇开胃。客厅的五层书柜都收录了近十年城中大小致命意外的剪报，交通、食物中毒、水电之类通通有序。尧每季温故知新，意外黑点尽量避开，偶尔经过事发故地也会心中祈祷，叹一口气。

多活数天当然乐意，奈何大部分时日都耗在公司数白纸按鼠标调咖啡；中央空调又浊又闷，光是每天自备氧气罩供氧十小时，已花掉一笔可观的薪金。白干不如不干，尧自问安身护命的功夫到家，干脆于网上开办预防身故课程，简称"防故班"。虽说不上悬壶济世，提点提点也于众人有益。

防故班的教学工作让尧安驻家中，在线实时回答学员的疑问，减少出门上班碰上的风险。尧定时更新护身用品的教学短片，亲身示范免藏污垢指甲套、便携式射频洗牙镜盒和即弃防撞假发等的用法，不消两周网友已争相订阅；学员尤其珍藏防故班的独门笔记，当中的意外数据分析听闻比风水专家的预言还准，难怪防故班已连续八个月保持全体学员存活率达百分百的实力证明。

虽然生意兴隆，可尧没打算伺机抬高学费，反而为了控制学员的素质，对他们报读课程时填写的"多活数天的理由"愈加挑剔，填得不合意的索性不收。为求名牌课程的一席，网上论坛合力尝试拆解尧的收生标准：为何"未跟与自己同姓同名的十个人亲嘴"的人，较"未问上司睡一晚可升多少级"的人更合资格？"未花时间好好看完一部三百页空白的书"的人居然赢了"未背熟汉英字典后半部"的人？光读这些热心的陌生人求存的理由，已教尧乐半天、哀半天。

为了方便学员活出彻底防故的人生，尧顺势推行一条龙服务，包办代理订购课程提及的各项护身用品和养生食材，尤其是狼毛这类得靠门路才到手的异宝。周三是出货日，尧连夜配好学员的订货后，便从家里大包小包地带到邮局。虽然背包和单肩袋都塞得肚满肠肥，但尧还是坚持腾出双手，右的撑伞，左的以防遇险时保持平衡。这周的

益寿

订单格外热闹，可能跟近日那数宗夺命意外有关。尧一边数记那些意外的事发地点，一边东歪西倒地拐到第三街。忽然，右手掌心似乎传来一波颤抖，是尧期待已久又恐防已久的那种！人还来不及戒备，伸缩伞的弹网已靠红外线侦测到天降邪物，无误时全方位展开，"咚"一声利落卸走高空掷物的冲击力。

尧立时握紧伞柄，微微感到伞顶被压了一下，避灾。"嘭"！那天外来物被尧的神伞反弹，调皮地落在街口一名正在听《安魂协奏曲》的女士头上。光从那巨响，尧已心知不妙，但一身包袱的他，实在无法让自己转身正视那惨遭嫁祸的遇难者。难保她断气前看到我的脸，化鬼后从此缠我冤冤相报？尧趁邮局就在眼前，如赎罪圣地，头也决不回只管狠劲直奔。

死者姓万，三十八岁，被揭是防故班的资深学员。以为尧的招牌会因此被玷污？防故班的拥趸却反斥万某以身犯险，没有做足出门防故措施，反面教材也。纵然学员存活率首次跌破百分百，但"杀一儆百"反使学员不敢怠慢，教学短片百看不厌，未有幸成为尧的门生的又焦急得像快要被死神盯上。

尧按本子办事了好几天，没有出门，可老是闭目看到邮局的门口。为了定时更新学员名单，尧免不了开启万某的档案，做点结算才删除学籍。万凌，三十八岁，"多活数天的理由：上天还没给过我什么"。如愿以偿的代价是死亡，那天降的石屎①手机壳也算厚礼。尧似乎舒一口气，再自告奋勇拉下鼠标，窥窥万凌的订货记录：

即弃防撞假发一个（急要）。

伸缩伞连弹网一把（急要）。

送货状态：未送。

未送？订货日期为六月十九日，应该……应该事发当日的前一个周三送出了。未送？尧慌得要命，残忍地翻查该周的送货记录——果然漏了。他看漏了眼，让死神捷足先登。

趋近了，死亡何时趋近了？是否认为防故班与死亡作对，所以怀恨在心，非要给点颜色我看不可？尧对于与死神的藕断丝连难以安怀，更逐步猜疑一切的噩兆是否始于防故班有违天命的可能。性命攸关，钱财其次，不如结束营运防故班，一了百了。仓促发出结业通知后，尧还以低价售出积存在家的保命用品和食材，算是回馈学员，亦含致歉之意。

---

① 粤语，水泥。

外界大多为尧抱不平，断定是由于尧担忧万凌事件后，无法重振防故班的公信力，所以才被迫从此销声匿迹，自断财路。断了人脉，大概也断了他人的死亡与自身的关系吧。尧数算还跟自己扯上关系的人，恍如失踪的父母、安于老人院的外婆，南无婆也说得上有点情分，邻居算不算？可都没跟他们打过招呼，倒是稻草人还熟稔得多，而且它长生不老，免忧。

敌不动我不动，尧与死神展开冷战，好一阵子没有离家，当是避灾也好；饮食都靠厨房所剩无几的有机收成，农地如何也不得而知，反正邻街的有机饭店外卖也不错。报章和电视新闻避之则吉，那些血迹抢救火光医院的画面少看为妙。庆幸防故班尚算为尧带来绰绰有余的积蓄，无业也不愁，还让他突然成为多间慈善机构的匿名善长，大概是他积德添福的一步吧。

这晚有机饭店的特选晚餐居然是低温泡泡瓜慢火粥，尧久旱逢甘雨般立马向电话点菜，二十分钟内送上。挂线后不久电话响起，难道卖光了吗？霉运果然还未除透。

"是陆先生吗？"声线跟刚才的饭店伙计大有出入。

"我是。"尧很不愿继续对话，怕多说几句又招上死神的注意。

"我是宁养护老院的范姑娘，你的外婆——"

"不是吧，冤有头债有主，用不着要老人家赔命吧……外婆不知道我干那些的，不知者不罪吧，不是吧……"

"陆先生？你没事吗？娇婆没见你三个多月，又没听你交代过，怕你有什么事，挂念得很，所以让我给你打个电话，顺道看看你何时上来。"范姑娘的声音让尧愈听愈熟悉，是常拿泡泡瓜煮粥的那位插袋小姐，该没错。

"是范姑娘吗？外婆还在，外婆还在……没事没事，最近忙，也没跟外婆说声。我明天来，明天来……再见。"尧自觉被死神愚弄了，还拿外婆开玩笑，唯有迁怒于外卖员，无理骂他迟到。大力关门，好的一顿糟透了。

来看外婆的这趟异常费时，或许走路时东张西望，过马路又限于二百米内没有车辆驶至的情况下，耽误了行程。小心驶得万年船，尧蛮有耐性守护自己至老人院的入口，方才稍稍放松了筋骨。

南无婆不在。

"她……走了吗？"尧指向外婆的邻床，手指无法伸直。

"对呀，比我早。"外婆从膝盖沿小腿扫至脚掌，重复地扫，不知祛湿还是无聊。

"那你便少了一个伴。"尧脱下背包，今天重得不可思议。

"她只是洗个澡而已，我也不是如此寂寞难耐；倒是特别挂念你，为何那么久也不来？"外婆斜瞄那待在床尾的背包，胀得快要破皮，真倒胃。

"是吗？当然当然，她洗个澡便回来'南无南无'。"尧装出一张自以为像南无婆的鬼脸，可外婆不甚欢喜，"别生气吧，最近忙着一点事，没时间过来。"

"那些瓜呢？今天没有？"

"农地那边也没去，瓜是生是死只有稻草人知道。"

"你忙得很，有没有时间好好吃饭呀？"外婆的眉皱出深坑，一眨眼又消失了。

"好好吃饭便不会死吗？也有可能哽死！对，应该开始改吃流质食物，粥是准没错的……"

"你的牙掉光了吗？吃什么流质？不要动不动便说'死'！虽然我不介意，但隔墙有耳呀，尧。"外婆随意敲敲墙板，手又回落至小腿那段。

"你不介意，即是你不怕死？不怕是因为你见过别人死吗？外公是怎样死的？我从没见过他。"

"怕是包了太多女人，沾了些脏病而死，活该活该！"外婆以为活该的是自己的腿，用劲打得兴奋。

"那你有没有沾上？"

"你这小子——"

"南无阿弥陀佛……"

"她的先生是自杀死的。"外婆向左射了一刹凌厉的眼色，南无婆一身消毒味。

"所以……死神可以是自己，自己……"尧的眼珠东南西北混了一圈，又从北滚回东。

"自杀又不一起殉情，都不知是什么意思，难为她……"外婆让尧拉开第三层抽屉，衣服齐了，轮到她消毒。

家中只余八盒口罩，上季的超薄雪犬毛免洗内衣也始终有点味道，连鞋底的喷气胶钉亦掉了一颗。尧丧气地打点大大小小，愈觉活得不公道。为何老是要防范死神？到底有否反客为主的可能，让自己主宰命运？倘若向天宣告，选择自杀这条路，那是否只要随时有能力自杀，便可免于死神防不胜防的来袭？与其坐以待毙，不如反待毙，推倒终日防备潜害的包袱；只要有了随时杀死自己的准备，再没多活数天的理由时，便自行了断，合时合意。

自杀毕竟是一个人的事，尧尽量避免惊动他人。遗书只留数句给外婆，反正他相信外婆懂他，不会太意外太难过；遗产干脆全都捐出，钱财不外乎是来往于此手与彼手之间的无主孤魂，没有恒久的存托，外婆的住院费又早已缴了一大笔，足够她度余生。还要处理什么，才可使一个人的死亡毫不劳烦他者，如从未存在一样？尧想起那农地，让它们自生自灭吧，大自然该不会亏待同类。大概是这样，接下来要选定自杀的方式。

要随时随地方便执行，痛苦是其次，关键在于利落，绝不让死亡伺机磨人。冲出马路虽然方便，工具亦免，可累了司机悔疚成患，实缺道德；况且要视乎车速和途人的热心程度，尽管见死不救的人还不少。尧一向自力更生，死亡当然也交由自己操刀。他翻查那些有机种子的营养标签，雷沙豆那本第七十三页，"熟成后与盐一并食用，会于体内产生无比剧毒，半分钟内四肢俱脱，闭目即亡"。那进口商想谋命吗？这不是营养标签，是毒品使用说明吧！尧惊讶对这页如此陌生，该是揭页时漏了眼，漏了眼是福又是祸。

雷沙豆和盐时刻带身上，如贩毒，尧开始逐一消除多活数天的理由。花了整整二十八小时排队，人龙弯直弯直，每人限购五百毫升，多好喝的蒸馏水都被通宵酝酿的口臭染成污水。尧喝掉半支，浑噩地把水瓶遗在公厕。再通宵是因为对四维连触感的色情电影欲罢不能，结果超额完成，在床上发了好几天相同的梦。

还有什么理由活到周五？下周一如何？尧不时悄悄抽出裤袋里那包混合物，训练心理随时就绪之余，问自己时辰到了没有；可闻说昨日开业的狮尾鱼刺身相当不俗，吃后牙齿还会短暂变尖。既然那店在老人院附近，尽管试试然后探望外婆，这样应足够耗一天。

一天一天，很快九十，尧知道那包雷沙豆早已发霉。

（原载《香港作家》双月刊二〇一五年十一月号）

益寿

借李还张

睡前故事室于玻璃门外看来，昏暗得刚好唤起睡意，可这都是吊诡的茶色玻璃施的幻法。津徘徊于四号室和五号室之间，站在室外看得光明磊落，然而玻璃的另一边厢，装睡的、练习说故事的全被津一览无遗仍懵然未觉。一板玻璃，明暗真假几乎分不开。

四号室和五号室的门牌分别如下："爱发问的小孩"和"嗜睡的宝宝"。你不能分辨两室内躺在床上的幼儿属演员或纯粹个性恰如标签般。离还童时间不足九分钟，津替两室内的家长紧张起来。四号的女士忙于应付小孩东拉西扯的半问半嚷，手上的巨型布页图书还揭不到三幅，看来她免不了再到一楼的登记中心，申请续借这位爱发问的小孩了；邻室的运动装男士虽然省力得多，但宝宝的耳朵似乎没多留心男士那绘声绘色的故事演讲，连津在门外也为宝宝错过睡前学习的关键十分钟感到可惜。

还未待门开，津已拖着尾部过松的藤织凉鞋滚向一楼，为登记中心前的人龙添一名。苦战后的那两位家长，或准家长——报读借还儿童综合大庭的课程不限家庭背景，只要庭方愿借，成人愿还，学习的机会准是无处不在——显然垂头失意，却未忘风度，坦然与各自的儿童对手握掌告别后，方才躲到门廊尽头的检讨室。趁记忆鲜活，快填满笔记本的皱页，不然稍后的小组检讨绝对会被别人抢话，不利。

可能刚才只顾着迷于玻璃室内争分夺秒的练习，过了午饭时候肚子空空还不在意，直至轮到登记中心柜台前第四名，才嫌眼前那老婆婆的疏发既白且曲，不消一会儿已看得津双目昏花，连腿也仿佛遭老婆婆的毛发滋扰得快要发软……

"站好！"津以为谁在呼喝她，本能地听命无误，身后的大花夹女孩被爸爸捏了捏手臂，只好对齐双足。

"你好，请问'睡前故事班'还有空位吗？"津抖擞起来扬声，肚子也为她"咕咕"打气。

"专科或普通科？"白布蒙头的职员问。

"'爱发问'和'嗜睡'是普通科对吗？那专科有什么？"四、五号室附近倒不似有别的课，津直觉名为专科的准是好东西，不容错过。

　　"分三种：不让他边听边搓碎故事书的页边的话，便在床上尿尿的撒野顽童；因困倦却不能睡而禁不住揉眼睛，影响视力的；还有，纯粹讨厌父母拿起书本的小孩。你报哪科？"

　　原来还细分专科，怎么没在课程特典瞄到？现在决定怕太草率，还是先咨询业主立案法团属下的家长群益支部，津最信赖那陶主席。

　　"那我不如先续借这位三六八号、两岁四个月的男孩，多借十小时。"津出示一本封面尽是斑斓的口沫渍的借还儿童记录册，丝毫不感尴尬。

　　"是'学做大哥哥班'吗？"职员包头的白布不见污渍，最显眼的怕是她破布而出的双瞳。

　　"对，我的儿子杨正滔，三岁七个月。"

　　"三六八号最早下周五才有空，要替你预约吗？"

　　"麻烦你。"

　　要说津的第二胎着实言之尚早，可针对孩童的训练永不嫌早；即使津延后怀孕计划，甚至最终放弃二度生育，光是让儿子正滔充当某宝宝的大哥哥，每周数小时，培植领导才能不说，爱护幼小的善心也必然与日俱增。况且借还儿童综合大庭的童库达八十多名，静的闹的呆的男的女的无不任君选择，如此多元的设题背景当然为正滔的入学面试热身得彻底，连家长群益支部的陶主席也确实认同。

陶主席一看便是典型的老派书香女子，一本正经，笑意只从眼角窃窃流出，唇不多动。综合大庭成立不久，陶主席便获邀加入董事局，闲来过问童库和课程收生情况。童库存纳的孩子，由婴儿至十岁不等，分别透过与当地孤儿院合办的"扣连社会体验计划"，以及家长自愿短暂提供亲儿为庭方教材所组成；孤儿的起居饮食当然由庭方全数资助，至于以亲儿为教学用途，换来的除了是跟陌生人充足的互动机会，庭方向区内名校内部推荐恐怕才是醉翁之意。

贵为借还儿童综合大庭的用户，津当然尊享数之不尽的儿童评估测试转介服务，可是测这测那，知道太多到头来还是自找麻烦。正滔不到四岁，芸芸评估报告堆满客厅嬉戏角的书架，几乎把他验到骨子里去。没错，津正为昨天收到的一份评估报告苦苦筹谋，总之一切听从专家建议：

"杨正滔被本中心评为右手食指第二关节患上轻度外反暨软骨过软症，症状从他反复执笔书写'九'和'正'显示出来。建议每晚睡觉戴上第一阶段矫形手套，购用专属他手形的三维打印换芯笔，并定时到本中心接受物理治疗（或参加借还儿童综合大庭的'真发编织班'），暂定每三周复诊一次。"

评估中心毕竟离家略远，津唯有指望综合大庭，好让正滔写出漂亮的"九"和"正"。向白布头申请借用一位五岁九个月的长直发女孩，二七二号，跟三六八号同属一所孤儿院。正滔不爱玩洋娃娃，可女孩毫不打结的秀发果然诱起他的兴趣。于驻庭物理治疗师的循循指导下，四堂学成三手辫不是难事；即使二七二号梦想的"鬏中鬏"，正滔也巧手照办，让女孩当上禁室公主，好几天舍不得解辫。

二七三号是二七二号的弟弟，也是今天祭童节的主角之一。为纪念童库历年去世的成员，综合大庭每年全体停学一天，现届童库董事家长聚集于静修庭，逐一回播童魂的哭笑声。坐久后，津和陶主席耳鸣不说，连眼珠也惊现局部的残点，须由白布头领到南庭花园见见阳光。二七二号当然不清楚弟弟的身故原因，只知孤儿院的生命不乏无疾而终的收场，怕是弟弟心急先行而已；童库册倒有记载，称二七三号曾是"家长摄影班"的顶尖模特儿，资质再差的家长，或准家长也能靠他如猫的魅姿拍出得奖相集。唯怀疑报读人士轮转频繁，害得二七三号出现"爸

爸""妈妈"认知障碍,一见相机二闹三下课,终于在睡
梦中骇见数十位"爸爸""妈妈"把他抢,咳哭声随窒息
止灭。

正滔的"九"和"正"始终未尽如人意,可校际钢线
朗诵比赛又迫在眉睫。长达八页的古诗光诵也可,一上钢
线便顾步失词,诗意随体重摇摇欲坠;即使综合大庭的体
技班和朗诵班双管齐下,正滔毕竟不是猫,如此比赛委实
欺人。

"让他平日走路时后脚尖贴前脚跟的直线走,会否有
帮助?"津于检讨会后留步询问陶主席。

"这也不妨考虑,于家居鞋和上学鞋的底部中轴线,
加贴一条跟比赛规格一模一样的钢线截段,应有助他拿捏
平衡力和钢线的硬度。"陶主席口不多动,却轻易吐出专
业秘技,学问如神般广透。

"比赛指定的那款钢线听闻老早卖断市,家长们各留
存货,于家中练习备用,倒没想到陶主席鞋底这招,高明
高明!希望正滔能因此出奇制胜吧!"

"尽力尽力。"

值夜的白布头这晚无法如常替自己熨白布,适逢童库
进修周,白天忙对外课程,夜间展开内部培训。厨师们施

尽鬼斧手艺，愈超凡愈能刺激"征服儿童胃班"的五大试味专员——三名孤儿加两名由家长暂时寄住作教学用途的孪女。他们轮流试吃，点出儿童对色、香、味的独到偏好，还加以创作菜式的另类煮法，看来报读的成人必有得益，续报有望；"即兴模仿班"的六大儿童台柱凭过盛的体力和惊人的柔韧度，向来令模仿他们的一众报读生无从追及反应，刚举脚双手已互扣并圈过屁股。

台柱们于白布头前随意示范，水平合格，"剔①"。

童库进修周的报告派上综合大庭董事局例会，第一百六十九次，列出每名童员的各大健康指数、教学班次和报读者的资料、进修周的评分、借出时数和续借比率、为庭方带来的学费收益和声誉指数等。董事们把报告的页边从后掀拨一回，挤出一抹凉风。童库嘛！人才济济，施点剩饭剩菜便给我们听听话话的教课，这生意不长做长兴才怪！董事局首长跟在座的如此欣慰放心，只陶主席一人停在第八十二页，一一〇号男童的档案，不知如何于升平中插嘴。

"岑首长，童库状况大致稳健，稍为麻烦的……"陶

---

① 粤语，打勾。

主席不愿扫兴，话一时被截更显尴尬。

"什么麻烦？大庭可曾有麻烦？笑话！哈哈！"沉涸的笑声几乎咳出痰来，止不住却惹人又畏又忧。

"是这样的，一对夫妇育有五名皆于十月出生的亲生子女，唯刚满一岁的第六名宝宝在九月二十八日诞生；夫妇同感不祥，打算向我们捐出此宝宝，来换一名岁数相若的十月宝宝，以延续家庭亨运。"陶主席满是学者的口吻，把"稍为麻烦的"事项报告得听来分外麻烦。

"那便换一个给他们，反正那些宝宝个个如是，以一换一再让他们补点钱，签些什么报读课程承诺书，讨他们长远好处，这才对得起我们近百的宝宝库啊！哈哈哈！"岑首长急智生谋，难怪众董事齐声佩服，呵呵高歌。

"可目前我们只有一名符合交换条件的男宝宝，即是第八十二页的那位，且他被诊断患有先天声带雌性化症，恐怕终生男相女声，半人半妖。"纸上的字实在小得恼人，陶主席几乎把病名读错。

"嘭"！

"那万不能换！"岑首长拍案训喝，如陶主席所料。"如此奇才岂能落入他人手中？阴阳人分角表演、男高音歌唱示范全可化成他的招牌课程，快着手重点培训他！不换！"

"我也如此认为。至于夫妇嫌弃的那九月出生的宝宝，我们还要吗？"陶主席对于汇报事项费的工夫怨得要命。

"先算算成本再验身才说吧，宝宝我可多得很呢！哈哈！"

女孩子的长发实在神奇，好摸得令正滔念念不忘。即使津没再续借二七二号女童——学费始终不菲，加上于正滔右手食指第二关节的疗效不大——女童赠予正滔的一束发段仍时刻流淌于他的指间，见发如见人，连洋娃娃他都不放过，嚷着要背起扎满辫子的洋娃娃才肯出门上学。花了不少唇舌，津才稍稍平息校方和家长群的诸多是非；钢线朗诵比赛正滔总算不过不失，唯他手执发束于钢线扬舞打拍，实在有违评判口味，连津也宁愿儿子早点堕地，免丑。

千方百计都使过了，津对于正滔的恋发癖无从遏止，儿子倒颇自得其乐，结辫解辫结辫解辫又一天。为什么男孩的头总是长不出长发来？辫子既然好看，为何出生时不就把头发生成活泼的辫子？最长的辫子要编多少天才到尾？辫子呀，不知道女孩的辫子解了没有？正滔在小床上滚来滚去，对那不腐坏的发束百看不厌。

一起床得知可以再见女孩，正滔写出来的"九"

和"正"果然格外有神，津说什么他做什么。午饭吃得干净利落，母子准时到达借还儿童综合大庭。一名白布头早已于正庭大门恭候，可正滔依稀认出路线不像通往"真发编织班"那里。难道女孩有新玩意儿？可我还是要替她弄弄头发才欢喜！三人停在电梯旁的一间玻璃室外，对，又是那种外面看到里面但里面只有里面的课室。白布头示意不许开门，待在玻璃外正滔东张西望，津也住口。男童好奇凑近那块吊诡的茶色玻璃，二七二号独坐室内眼光光，连头发也全光了！冷清清的头皮显得她的五官赤裸寒彻，不再是谁也认得的辫子女孩！正滔顿时退离玻璃，那块如鬼的镜，转身栽到津的双膝之间，哗哭声绝多渗进两行裤管；女孩当然一无见闻，失掉头发早使她呆若木鸡。

"别再玩辫子了。"津轻抚爱儿发抖的头发，果然不见辫子。

戒了辫子，还戒了课。明明升班考试趋近，综合大庭挤满人山人海来求教，连祈福庭也喃喃不绝，可正滔偏偏闻课止步，要他踏进综合大庭简直痴人说梦。津千算万算，料不出如此意外，盯着月历天天白过，不心焦才怪，更觉儿子呈上的"九"和"正"格外碍眼。好不容易跟白布头交涉，才暂允已付费的借童时数无限期延后，算是挽回点银两。陶主席当然知悉，可她始终收了一些家长的私钱，难免费点心思泄派各校升班试的考题方向，一时无暇打理津这烂摊子。

津又在检讨会后截获陶主席。

"真的没有办法吗？之前的心血实在不忍在升班试前付诸流水啊！"津哀得肉紧，但又怕未散去的家长耳朵太灵，唯有压住声，听来真添分委屈。

"孩子从来都是逼不来的，谁也没想到当初的扎辫班会落得如此收场……"忧心的家长陶主席见得多，是否无动于衷实在难说。

"但我真的希望他能升读先锋班，不是先锋班的话读也无谓。陶主席你……"

"当然明白。我替你想过，这样吧，我试试向董事局建议，破例让你借童到家，由白布头接送，算是让正滔的学习好好持续。"

"真的可以借到我家？那多多拜托你了陶主席！"津忽然乐天起来，还比陶主席更有把握。

把握随钱而来，不消一周，方案已获批，特别服务的特别收费不提也罢，反正皆大欢喜。正滔是否欢喜倒不知道，莫名其妙大早醒来，客厅坐着一名不相伯仲的男童，还嚣张得只说外语，不说本地话。正滔赶紧奔到嬉戏角宣示主权，连尿急也不碍事。

男童四岁两个月，二〇六号，"活学外语班"的借出时数首屈一指，是孤儿或是别的家长暂寄的庭方不愿透露，津也懒得挑剔，反正让正滔见识同辈的外语水平已够实际。男童待了三小时，白布头为了避嫌一直候在门外；正滔看不过眼男童把外语挂在嘴边，讨得妈妈奖他三枚电池，遂不甘示弱说起零落的外语来。男童听后倍感亲切，又流利地问："这是我的新家吗？"

正滔聆听方面甚弱，当然不懂男童问什么，还直觉对方故意说些艰深的词刁难作怪。听得清楚的只有津，但她不忍续问"你没有自己的家？"或"你不喜欢现在的家？"之类。孩子最受不了尴尬，只好多奖他一枚电池。

先锋班居然让正滔考上，全赖外语的得分救他一命。如此喜庆津当然大排筵席，邀请陶主席不说，连二〇六号男童也按借出时数的计算，到场欢贺一番。正滔跟男童无冤不成兄弟，既然津一直惧怕产子的剧痛，男童又如吉星拱照，何不向庭方申请"自愿借养儿童计划"，顺道添丁？至于谁弟谁兄两童不甚介意，这刻是兄那刻是弟倒才有趣。借养儿童的家庭背景审查和借养估价通通办妥，难得是外语天才，又教正滔数算洋娃娃的不是，即使天价津也花得甘心。唯计划附注的一项条件老让津稍不安心：

"借还儿童综合大庭有权于任何情况下随时收回借出的儿童而不作另行通知。"

果然有借有还。

手造的眼镜

黑色布带弄得悦的双眼很痒，她鬼祟地开合眼皮，长长的睫毛曲着抓刮粗糙的黑布，已经到了无法再入睡的时辰，空气嗅起来也朝气十足。

"爸爸，早安。"悦从床上坐起来，渗进黑布的光点既密且弱，发光的黑真教人着迷。

工作桌散满玻璃的粉碎和长短各异的铁线，爸爸把双手扭进钩在台脚上的抹布，拍拍，走到床头柜为悦递上眼镜。

"先不要偷看哦，一定要戴上眼镜才可睁开眼。"爸爸从悦的脑后拆下黑带，把布条结在悦的左手腕，"若你不用眼镜看东西，以后便再看不见爸爸和妈妈。"

对于此规条，悦自三岁听懂以后，一直没有犯过，可不时怨恨爸爸信口开河，因为悦记不起有否见过妈妈。妈妈长得如何，妈妈在哪儿，悦一无所知。

"今天会见到妈妈吗？"悦在眼镜的隔离下，盯紧稍稍浮起的木地板，从床踏上去，仿佛步履会下陷，像水池。

"迟些吧。"爸爸返回工作桌，赶制下一副度数不明的眼镜给悦。

虽然悦去年已达入学年龄，但爸爸从没打算送她上学，只嘱她有空便在家涂涂颜色，反正屋内的油彩、水彩、画笔和画纸，通通按号码排好，无谓浪费。悦庆幸爸爸为她省下做功课和上补习班的沉重负担，但出门遇见隔壁的小孩穿校服背书包，又暗觉自己没别人看起来那么精明能干；小小个子穿制服，悦觉得那人一定很能干，还怕他要穿一辈子，干一辈子。

在家中跑跑跳跳又到五时，悦扑向正用钳子夹弯铁线的爸爸，嚷着是时候出门。或许跳动过了头，悦一时看不准扶手，眼前一摆只抓住了空气，在爸爸后面倒地。

"痛吗？快坐过来。"

悦没有回答，知道忍着不作声，痛会快些消失，她对跌碰甚有经验。

"你看不清便早该伸手出来扶着这些柄子，爸爸不是给你装了很多吗？这里、这里、那里，你都可以扶着它们呀。"爸爸望望四周，深怕屋子里的扶手还不够。

"五时了，可以出去玩吗？"悦扫了扫发红的膝盖，近看爸爸的头，好像变涨了。

他们散步到山坡下的小海湾。悦最喜欢日落时的海景，橘红混入绿蓝，涌着涌着又生了灰白，浪头模糊杂乱，比海市蜃楼更好看。悦经常好奇摘下眼前的一对玻璃后，一切看起来会否更立体更鲜明？风景上下左右的那条黑框线会否消失？但她更怕以后见不到爸妈。托托眼镜，她牵着爸爸肥厚的手踢沙。

"若我们中午时出来，这个海会是什么样子？"悦使劲地踢起一堆沙，看不到沙是一颗颗的。

"阳光猛会伤眼睛，你的眼累吗？"爸爸回头看看沙滩，只有二人的脚印。

悦点头，伸出左手腕让爸爸解下黑布，海市蜃楼变得黑糊糊，岸上一只流浪狗以为二人玩捉迷藏，小的捉大的。

晚餐如常是红萝卜宴——红萝卜寿司、红萝卜薯饼、红萝卜酿鸡翼。悦嫌餐桌上的烛光晃得令人眩晕，上周已着爸爸以天花暗灯代替，昏静平和，看得人舒服。虽然爸爸从没向悦解释为何她非戴眼镜不可，且更换频繁，但悦留意到街上的儿童大多同属"眼镜族"，没眼镜的恐怕只因家人不懂造吧。悦把脱下萝卜的寿司饭团夹给爸爸，定神看着他不明不暗的脸，脸上无镜，他有一双好眼睛。

与其识字，不如画画。悦一打开一行行的字，便觉它们是凸起来的幼虫，边蠕动边列队，当然要狠狠地合上书本拍死它们。悦看到颜色便高兴，每支颜料被挤得扭腰曲背，可吐出来都是浓烈的血，随意混色混水，嗅得多会上瘾。画纸摊开，几笔几点便一幅，题材离不开所见的世界；有时候同一画面画数幅，让爸爸睁大眼睛找不同。

爸爸从画柜里找出数幅悦的作品，翻查城内数间著名画廊的地址寄给他们。爸爸没有带过悦到画廊或美术馆，尽量为她保存"灵感源于眼里风景"这创作纲领。

今早起来，悦从爸爸的手中接过眼镜。又是新的？悦摸索眼镜的双臂，比昨日的更弯，还有油漆的味道。

"试试看。如何？"爸爸在她的手腕上打了个歪的蝴蝶结。

"好像东西全都化开了，松松散散的。爸爸，我的眼睛有事吗？"悦把眼睛眨来眨去，可是世界回不到昨天。

"你的眼睛很好，只是世界变得太快，昨日清晰的，今天都变模糊了。因此你要努力把所看的画下来，这样画面才会永久。"爸爸小心翼翼地把悦的那副旧眼镜放进防潮玻璃柜里，"二〇〇七年"那排的第四副了，他指着玻璃门数数看，才想起要为画柜里的作品附上对应的眼镜编号，这样业界人士考究起来才有系统。

不消一周，收到画件的四间画廊居然破天荒联署发信，邀请画作的主人公开更多收藏，什么画展拍卖会通通欢迎，还给予作品绝对的评价：

"层次浮藏有序，混色旋纹创新，景致扑朔迷离，属印象主义和抽象主义的偏锋结合，成熟而罕见，启思而蕴味，难得的瑰宝！"

爸爸把邀请函滑进工作桌的抽屉，再次当上画家的经理人，一连串的星途大计在他脑海一触即发；可悦始终年轻，身份不宜外泄，尽管让时日和眼镜造就更多破格的画风。

这阵子悦看到的一切都像渗开的墨彩，既重叠又带影子，夜里的街灯更像一朵不会坠落的烟花。她有时好奇爸爸看见的是否同样魔幻，而爸爸总会回答"悦的眼睛就是爸爸的眼睛"。纵然变迁的景貌逼使悦从头适应走路的平衡力和方向感，但她笔下的功夫随之柔浑起来，一摊摊的水彩散得无疆无痕，色变既一体又分裂。

不出爸爸所料，这批"化象派"的创作又引来画坛激辩细鉴，很快便荣登该季拍卖会的重点竞投作品行列，成交价更直逼那件国宝级的纤维打印豉油瓶，令爸爸的身家一夜暴涨。有资金买材料做眼镜当然是好事，但拍卖当晚，爸爸全程隐坐一角，近的远的都瞄过，就是没有妻子那一张脸。她看不穿是她的遗传衍出这幅"化象派"吗？为什么她不到场看看女儿的杰作？还是她忌才，于是赶紧埋头练画冀求突破？卖掉了悦的心血，爸爸分不清是骄傲还是羞耻。

为了让悦的造诣更上一层楼，爸爸最近做了首副有色眼镜，灰蓝镜片，相信可以护眼之余，有助激发悦一改用色取向。

"爸爸，不是早上吗？怎么天还是这么暗？"悦一开眼，世界又变装了。

"太阳哥哥最近累，偷懒了。"爸爸系的蝴蝶结又是歪的，今天在右手，"即使暗了也不用怕，捉紧爸爸或扶手。"

灰蓝镜确实令周遭阴气重重，红萝卜不再红，海又像死水，连爸爸的肤色也像有病。悦禁不住惶恐起来，然而又不敢告诉爸爸，怕爸爸知道自己的眼睛愈变愈坏，要爸爸操心多做数副眼镜治理。一幅幅哀沉的蓝调作品应计而生，或许是镜片滤光功能的影响，悦总是觉得眼皮重，经常想睡，故爸爸让她每二十分钟停笔一次，为眼睛下三滴鲜榨红萝卜汁，剩余的汁便靠静脉注射打入身体。悦起初看到针筒便怕，但后来试用它在画纸上溅射颜料后，当它是玩具。

蓝调系列中爸爸挑了十二幅，试办画展并设即场买卖，希望小场地方便寻人。展期原定两周，可全线展品于首三天被买家一扫而光，期间还须派筹控制人流。爸爸没有现身，躲在展览的保安室严看闭路电视的直播；六格屏幕人影重重，不甘心，翻看再翻看，只有闭上眼才看到妻子的脸。

红萝卜宴后，悦坐回画板前，蘸上颜料后又放下笔，似乎跟纸上那荒废的水池一样幽寂，死气沉沉，站起来还把画板推开。

"是不是眼睛又痛？还是吃得太饱？"爸爸凑近悦的眼睛，没有神。

"有人偷了我的画。"

爸爸稍稍移开，以防悦看得清楚。

"怎会呢？你的画爸爸全都锁进柜里，偷不到，放心。"爸爸把画板拉回来，递上紫混白的画笔。

"昨天在花园拔草时，隔壁的男孩抛了相机过来，说让我看看他家新买的一幅画。我认得相中的画是我的，小岛下沉的那幅。"

紫混白的颜料滴在地上，像遇热的香芋雪糕，可悦从没吃过。

"不用生气，爸爸迟些教训他们，但或许是他们无法看到悦眼中的美丽，所以才把你画的风景据为己有，开开眼界吧！不如我们大方一点，原谅他们，当是借你的眼睛给他们看世界。"

明明我的眼睛是坏的，他们怎会借？悦没耐性问下去，但爸爸还是补问一句："你有跟他说是你画的吗？"

悦摇头，晚上没有作画。

小孩怎会喜欢跟别人分东西？悦对隔壁的事耿耿于怀，自此故意把画填得一塌糊涂——楼房倾斜，小狗无头，火车是一幢而非一列，吓得爸爸既惊又喜。爸爸冒险把这"狂乱系列"中的五幅推荐给美术馆，喜获对方重金购下，永久陈列。美术馆天天开放，又不易倒闭，爸爸遂于交易合约中添一项，把妻子的照片发给保安部，只要一见到疑似她的入场人士便通知他，馆方说好。

"狂乱系列"加盟美术馆后，风头一时无两，入场人次和费用收益屡破纪录；即使画家和画作的数据不详，光是画中呈现的已够慑人。馆方除了增派人手维持秩序，还特聘多名"鹰眼"驻场观察，好几回让爸爸空欢喜。也许这批"鹰眼"只是为了交差，才串谋虚报。

其实悦整晚没睡，黑夜在黑布条下过得很慢，然而悦根本不愿再看见颜色，她自私得宁愿与色永别，也不要让别人偷看她的世界。束缚拆下了，爸爸向悦送上眼镜，左镜凸右镜凹，可谓创作不对称几何的恩物，但悦不识趣，装作一不小心接不住眼镜，摔破了，还不等爸爸的指示便擅自睁眼，光直进眼球，东西看起来正常得不太正常，远近仿佛都有序，只是有点模糊。

"快合上眼！"爸爸赶紧用黑布捆着悦，但她奋力反抗，没戴眼镜的她活像另一个人，踏在镜片碎上也不痛，即使她哭起来也不是因为脚痛。

"你看！脚流血了！快坐下！"爸爸冲到防潮柜乱抓了一副眼镜。

这时悦从头到脚再到头扫视爸爸，肤色健康多了，头也退肿，活生生地站在她眼前。

"你骗人！不戴眼镜你也不会消失，只是妈妈如何也不会回来！对不对？不用眼镜不画画什么也不做都一样，反正我的画都被别人偷了！等不到妈妈回来看！"悦在地上把血印来印去，多新鲜的梅花图。

爸爸呆看悦无眼镜的脸，睫毛沾上泪光闪得刺眼，眼镜不用也罢。

"你不喜欢戴便不要戴，爸爸不会逼你，可妈妈一定会回来看看悦那些漂亮的画，爸爸不会让别人偷走它们。"爸爸战战兢兢地扶悦回床，自己又踩到玻璃，又不觉痛。

"昨天那男孩又给相机我看，说学校带他们参观美术馆。我一看，全是我那些画得乱七八糟的画！我大声跟他说是我画的，但他不相信，还笑我发疯！"悦激动得把眼泪荡跌了，一滴绽开地上的梅花。

爸爸怀疑隔壁那小鬼喜欢上悦，早应提防他。

"别理会他，爸爸相信你便可以了。找天我到美术馆看看，再给你弄清楚。别哭。"

答应了不哭还是哭，且哭个不停，睡觉时布条都湿透。悦整整数月没碰过画笔，肿着眼睛瞄看防潮柜里的每双，没一副她再戴过。爸爸也把工作桌收起，玻璃铁线通通戒掉，只有红萝卜依旧讨悦欢心。美术馆的消息愈见疏落，可能那班"鹰眼"都偷懒了，光站不看。面对如此绝地，爸爸还是希望作最后一击；他把白画纸浸在红萝卜汁里，再夹起风干，淡淡的橘红底色暖透心。

"悦你看，这画纸上了天然的红萝卜色，用它画画说不定不错！"爸爸把色纸定在画板上，又拍拍板边的尘。"悦你画过那么多画，但好像没有画过爸爸？不如试用这红萝卜纸画下爸爸的样子，好不好？"

悦一双倦眼看着那柔和的底色，再望望爸爸褪色的脸，没信心地应好。长年佩戴多副度数颠倒的眼镜，加上连月来泪腺和泪管负荷过重，令悦的视力无辜衰退，画出来像人已是大幸。她先用铅笔起草，定神追踪爸爸的轮廓，又眯紧眼睛往纸上勾勾擦擦，近得几乎嗅到那干爽的草味；爸爸安静地坐在画板旁，口水也不敢咽，心疼一手造成眼前那如老人的孩子，但更痛恨至此仍未能一家团聚。父女聚在画板旁大半天，红萝卜宴也免了，数支颜料都补给过，连爸爸也困得合上了眼，真不是当模特儿的材料。悦自觉画功大不如前，辨色能力和对焦的耐力都差了，但再次执笔始终过瘾，过瘾的后遗症也是不日之事。

"画好了。"悦轻拍爸爸的肩膀，没反应，再拍。

"好了吗？"爸爸挺直腰背，不知这是何时何日，"让我看看。"

毕竟是天才，误打误撞便一幅写实到不得了的肖像，尤其是双眼，刚好捕捉了入睡的惰性，俨如摄影。

"悦你真了不起，这不像爸爸像谁？太好了，一看便知这是爸爸，对不对？"爸爸不敢碰纸上的颜料，怕未干，但庆幸悦还能把他看得清清楚楚。

"是吗？其实我不太看到画了什么。"

美术馆一开门，爸爸便向馆方添一幅；拆开看得出是悦的作品，却惊诧竟属不折不扣的写实肖像，画中人更是画的收藏家。虽然馆方好奇得方寸大乱，但基于双方签订的保密协议，也没有多问爸爸画的由来。这幅"男人肖像"旋即成为镇馆之宝，列在"狂乱系列"的中央，反差带来焦点，掀起新一轮入场疯潮，害得"鹰眼"们受馆方施压，忙个不停。

新画顿成热话当然是好事，爸爸恨不得传遍整个城市，让妻子见画如见人，念人后回家。可爸爸实在低估了此招的风险，外界根本无法抑压对新画的种种揣测，加上画家的身份一直成谜，传媒和行内人士岂会放过你？利益一到，什么协议也保不住秘密。听闻消息人士从美术馆方面，得知"男人肖像"中的男人正是多幅画作的卖家，蛛丝马迹连起来也离真相不远。

爸爸收到馆方的召唤，指一名"鹰眼"报称刚在"狂乱系列"的展区中，发现久候多时的目标人物。爸爸戴上口罩雀跃出门，都不管消息属真属假。不知是否馆方与传媒安排的"调虎离山计"，爸爸离家不久后，大批记者抵达家门。按铃不遂，全队人马使出望远镜和摄录机，分批包围宅园。平民百姓家一般，看不出什么端倪；守在后园的小队忽然扬手，从望远镜的双圈中惊见一名盲女正在做陶艺，双手把客厅弄得满地泥浆。

"你好！我们是《艺君子①》的记者，请问可以跟你谈谈吗？"小队头目向客厅的窗排高叫，吓得悦一手把转盘上的雏形按倒。

"请问你是不是美术馆那批'狂乱系列'的画家？还有那幅肖像，他是谁？你的爸爸吗？"其他派系的记者撞开小队头目，问题更响。

悦不愤这批偷画的人还居然明目张胆找上门，她不吝啬地往泥盘抓，一掌一掌的泥糊掷向那些无耻的声音。

"你们偷了我的画还敢来问我？现在我不画了，看你们还来偷什么！"悦只管发狂乱舞，都不知泥弹全被窗户截住了，一发也不中。

———————

① 粤语读音同"伪君子"。

"我想你误会了！那些画全是肖像中的那个男人卖出去的，我们没偷！"倒在地上的小队头目抢先回应。

"你骗人！爸爸都把我的画锁好，他不会卖掉它们的！"悦扑来扑去也找不到扶手，小队头目按下快门的一刻，悦便摔在泥浆上。

"我们都看过他签名卖画的文件，没错的！那你画画时眼睛是不是已经很坏？何时完全看不到东西？"

悦再听不进问题，只感到湿润的泥糊往屁股渗，痒痒但不痛；手指的泥干了，灰色的指纹表露无遗。多问不应后，补拍数张交差便全军撤退。

"鹰眼"果然还是不可靠，爸爸只身回家，骇见悦坐在地上，窗户都给溅花了，如战场。

"怎么了？你不是在做陶瓷吗？"爸爸一手扶起悦，一手把悦的手安在扶手上。

"一只乌鸦飞来飞去很吵，我有没有击中它？"悦松开爸爸，自行沿扶手步回泥盘前。

爸爸瞄瞄窗边，大笑鼓掌说："中了！该死的乌鸦！"

红萝卜宴除了那三道菜，这晚还多了甜点——红萝卜汤圆。也许悦被乌鸦气坏了，跟爸爸说想吃甜，爸爸也让她做做看；颗颗白滑圆润，红萝卜馅把汤圆撑得胀胀的，谁也想吃。

"先试悦这个汤圆，爸爸不客气了！"汤圆顺着糖水直滑进喉咙，像石头般卡在那里，原来粉团包着一颗小泥球，不堵咽喉才怪。

悦听到一阵拍台拍凳的骚动后，很快只余下她的呼吸声。她伸手摸到鸡翼，宁静中分外美味。

手造的眼镜

善差

灰褐的脸色让初生不熟的轮廓弥漫萌芽不遂的青春，头颅跟肚腹一样圆滚滚，一硬一胀，谁也看不出里面藏有什么幸福。双目湿莹莹、双唇干巴巴，该怪气候还是命运？胸膛和四肢的皮肤勉强黏扯随时破蚀而出的骨条，分布果然跟一般的X光片出入不大；指甲趾甲垢渍斑斑，即使自惭形秽还是无处可躲。小裤子原是什么颜色？穿洞脱线褪色总不免。

"裤子看起来还是不够残旧，多涂数处泥污，加点渐变色才自然。这里，对，水珠加重反光的弧边，但别遮蔽整颗眼珠，千万要保留眼珠的黑洞洞……还有，胸骨的阴影再深一些，用B150熟炭灰色准没错。修好了让三维打印机印在信封上，我要摸摸它够不够瘦骨嶙峋。"

池姐一手推转设计师的椅背，逆时针不到三圈，鞋跟声已绝耳。

耳朵纳闷发痒，池姐漫不经心地拿起办公桌上的电话，神不知鬼不觉旁听推广部同事任意拨号后的碎语支吾，娱乐性跟收音机一样说不准，得看运数。

"先生您好，我是代表'无休无忧会'致电过来的，现在只需每天捐出十当珠，即可为不幸运地区儿童带来半支保命疫苗，先生会否……"

"又是你们这些什么'休忧又又'的人，非要让我夹在两难不可！不捐挂线好像累死孩子，光捐不问只怕力过于心，自欺欺人，多此一举。行善不应如此吧，'又又'小姐……"

满腹道德自说自话的伪君子真倒胃，适逢午饭前夕，池姐多怕饿至瘦骨嶙峋！还是快步找餐厅找座位找营养。

午市时段每人消费满八十当珠，即可获驻场导师免费教授立体折纸术，把单据化成纸汉堡，赠予不幸运地区儿童；一周内同一顾客制作超过四个单据汉堡，餐厅即捐出两粒当石作慈善用途，老幼受惠。

速读餐牌上的五个午餐，每个不到六十当珠。池姐假设每个午餐为一人分量很合理？那么餐牌一扬，向谁发火也绝不离谱！

"小姐请问点什么？"受罪的人低头问。

"我能点什么？一人能吃光两份午餐吗？能吃满八十当珠吗？不会吃腻肚子、吃剩食物吗？纸汉堡是什么？能吃吗？汉堡是什么？好吃吗？大费周章图够利后，那些孩子还不知道下一餐是否真的要吃纸！不吃足八十，孩子不饱自己饱，哪可安心结账离场？我真的不懂点餐！"费劲换来顺气，池姐却突然担心挂颈的员工证有否收好，偷窥胸前，清白。

"那么也许过一会儿我再来吧，不好意思。"低头的人顺势连背也弯下，反让池姐的所作所为显得不可理喻。

始终没有吃下什么，干脆于附近一间标榜健康的鲜果汁店，口服一杯五色八味的溶液，该不至死。

手提包铁石心肠捶在办公桌上，三维顿变二维，几经重塑的可怜儿童扁塌皱裂，无形可言。池姐把那毫无建树的烂信封扫入废纸回收箱，利落按下设计师的直线电话快捷键后，居然又刹停——不如先督促推广部。推广部的人十分知趣，瞥见池姐的来电号码即清喉提声，自恃聪明地招架。

"池姐你……"

"现在该还有些零零星星的属会义工于那边地区服务吧？着他们替孩子录制一系列求情短语，如'可以分一点给我吃吗？''我的被子不够厚'之类，务必尽量生活化和具象化；声线宜柔弱无辜，语速忌快，最好听起来迟疑害羞。首批先录二十句寄来听听，经后期制作后，将用作接通推广电话后的实时内置招呼语，准能轰碎那些本要挂线的无情客的心。清楚？"池姐不拘谁回答。

"明白了池姐，即办，放心。"光靠嘴巴吃饭的推广部同事老是答得爽快。

一不做二不休，这回真的找上设计师，池姐倒没打算认错。

"刚才那信封毁了，你拿一个新的给我，还有，下批捐款邀请函除改用三维信封外，内里的折卡一打开，将听到那些孩子的亲录短句，像从前会唱歌的奇怪圣诞卡。我要吓得他们不敢不捐，你快拿过来。"不假思索一按键，连设计师的"哦"也歼灭成空。

信封在手，占封面右半部的正是那再生的可怜儿童，整个人凸出来，摸不摸都心疼。要修的位置全修了，简直比他方的那个活的更不像人，池姐该满意吧？

"哪有不幸运地区儿童的皮肤摸起来这样滑溜溜的？照照看还光泽十足？这些不用我提醒你吧？快把纸质换成哑色粗糙那种，反正成本差不远。"池姐又给信封送葬，废纸筒内俨如一对孪生兄弟。

电邮的收件栏阴险地加插了新的一封，池姐冷眼瞄读标题，"员工山区四天三夜体验之旅"。四天三夜，能体验什么？那边的状况不用体验也了如指掌吧？离开公司四天不扣假固然划算，但回来恶补的烂摊子还是应有尽有；纵使参加这类亲善团必能提高年终的员工评核总分，且三分之多，唯我池姐向来自己评核自己，何须为分数如此努力？电邮既没开启也未删除，索性不屑一动，保持距离。

四天难成大事，那十分钟倒能欲速则达？无休无忧会于总部大楼的街角处设置临时小吃体验营，免费招待成人小孩亲尝如假包换的不幸运地区特餐：坐沙地手抓满盘蚂蚁的玉米稀水，限时十分钟，必须吃光；现场的视频通话还直播彼方那些不幸运儿共进大餐的实况，热闹非常。离营前你大可选择拒绝参加捐款计划，唯必须向直播镜头亲述理由，好让另一端的他们不至迟早死得不明不白。

池姐胃空空，下楼买茶点前特意拐过来打探成效。进营的多是亲子组合，架起模范家庭的高尚神气；父母比职员更热衷指手画脚，向子女也向旁人讲解谁幸福谁不幸福。池姐守在出口，眼见孩子一脸哀苦，老嚷洗手漱口，苦肉计果然让成人的钱包就范，赎罪省事；倒有一对父子气定神闲，收拾碗盘后站起来面向镜头，更由小的开口：

"你们的玉米水很好吃，一直吃这些不好吗？没问题的。"男孩带领爸爸向镜头挥手，屏幕上的人儿忙着塞嘴巴，弄不清眼前的男孩帽履俱全，是怕冷还是怕伤？

拿小孩当挡箭牌的男人，池姐岂会放过？

"先生，不好意思，请问你是真的认为那些小孩一直这样吃下去能健康成长吗？"池姐当然没穿营内职员的统一制服，她向来靠气势压场。

"那你又以为我真的相信他们就只有这些烂东西吃吗？怕是你们为了骗同情、搞噱头、省成本，才直播这些所谓'真相'来掏光我们的钱包吧！你敢说你们从没从中获利？还敢阻我，羞耻！"

他们就只有这些烂东西吃吗？池姐真的不肯定。她从没到访当地，义工亲善大使考察专员没她的份儿，所见所闻不外乎数据表意见书整合而成的大画面。获利？机构当然得靠营运成本走下去，每季通宵练成的财务预算可不是儿戏！倒是镜头两边的玉米水，确是通过传讯部和当地义工的配合而选定为材，吃蚂蚁忘了是谁的主意。

"先把直播关掉。"池姐着工作人员救危，同时让男人见识她的权势。

"我们十分感激你抽空偕同儿子光临是次体验营。若未来改变主意，我们代表不幸运地区的儿童随时欢迎你加入捐款行列，万分感激。"池姐从出口退开，笑意盈盈。

"你代表他们？那你何不也光着身子赤脚上镜？废话！"父怒子喜扬沙而去，一只蚂蚁钻进池姐的高跟鞋。

待至晚饭，她才找间跟慈善毫无瓜葛的餐厅吃好坐好。食欲不大不小，应该跟下午那句"羞耻"没大关系；倒佩服推广部的人于千万电话中受尽唠叨，年终的评核总分得替他们大力擦亮。池姐不隶属任何部门，却统管所有部门，三年前入职无非贪图创会宗旨听来正义，形象看来脱俗健康，加上慈善行业打通八方网络，混到哪里不愁衣禄，上佳仕途。"骗同情、搞噱头、省成本"绝对一矢中的，大小决定无不以此为本，营商不谈这些哪成？反正这手筹款那手拨款没完没了，上班下班的身份同样独立中性，情理恰好，冀望如此。

二十段录音悉数收妥，池姐正要从第一段播放之际，哪里传来仿真度如此高的现场求救？录音明明限我独家收存！椅背南北转一趟，办公室内倚墙的迷你电视机正插播一段声画俱佳的不幸运地区现场报道，背景的临时演员颇抢戏……不，抢救，他们正在抢救！疯了，右下角不是红底白字标明"荒枯坳七点八级地震"吗？还猜坏脑子以为行家的宣传制作厉害如此！荒枯坳、荒枯坳，高危地震带，我们当然未卜先知长设救护所和营养补给中心……镜头为何没拍到我们的会旗和制服？投资当地多年总该要曝个光吧！案头电话竟然还未响，都是一班只懂候命行事的没用鬼！先向传讯部下手。

"拟好新闻稿没有？强调事发后我们的团队何时何分加入救灾工作，罗列所有岗位专名；五分钟后你将收到执行部有关增派人手的细节，也要加上去，别忘了补充我们多年来于荒枯坳的服务，数句即可。完成后才向政府那边寒暄八卦也不迟。清楚？"池姐刚向义工部和执行部发出要求增援的电邮。

"没问题池姐，马上去！"快马加鞭的气概喷得话筒呼隆隆。

"现场桑德会的巨型起重机陆续搬开大块石木，救出多名伤者……"记者明确指向贴有桑德会绿色三角会徽的机器。

连续三年！连续三年上书建议购入巨型起重机！会计部千算万算算出什么？让人家独领风骚点名获赏！真不敢查看四十八小时后官方公布的各方救获人数排行榜，难保我们这次跌至榜尾！届时的灾后检讨报告准要拿走我的命！人们请务必支持下去，认清我们粉红格子衫的工作人员才投怀送抱！拜托！

死亡人数不算惊人，倒是无休无忧会走运，于救亡——也许是逃亡——过程中死了个短期合约员工，岗位其次，殉职事大。池姐亲自致电家属问候慰抚后，又咬着传讯部不放。

"'深切哀悼'那段照例免不了，多述说当初他加入我们时的伟大志向，加两句与同伴驻守当地的成就感也好，幸存者感激之类的说话一概以直述句点列出来；除了呼吁捐款支持家属外，切记也把我们的常规捐款办法附加上去，并强调是次发放恩恤金的银码。我会安排以他的名义助养当地一名儿童，这点算破例，把它写好。"池姐摊开写有家属电话的备忘帖，又对折。

桑德会那边救了三十多人，也不及我这边死一个，光看我们网页的哀悼留言板便晓得。同袍，辛苦你了。灾后荒枯坳照例手忙脚乱，但无休无忧会的工作人员不忘向伤者和家属收集心意卡；卡由会方提供，上面写什么谁来写不成问题，池姐自然懂得从中挑选佳作，风光展现在网页首版。小孩——或模仿小孩——的稚嫩笔迹最吃香，东歪西倒触动人心，字丑心美；作画也好，徐徐数笔天空太阳赐予希望，返璞归真。不消两三下功夫，案头的心意卡大致分好，上佳一般次等拙劣一目了然，唯这张有血有肉的画实让池姐无从评分：以指纹逐点逐点印成的微笑圆脸，线条时明时暗，血的质地。池姐得找个人吵一顿……义工部吧。

"这画卡是怎样得来？"池姐没向电话打招呼。

"那小女孩好玩，偏要……"

"你们怎可让她这样？医生没为她止血吗？印来印去伤口不受感染才怪！简直荒唐！"

"我们以为总部必会喜欢这类煽情独家的材料，才……"

"煽情可不是这样煽！让外人知道的话准要批我们伤人利己、趁火打劫！牢牢管好当地的部员，这事保密！"池姐的手汗意外化开笑脸的眼，让纸袋速速藏好，长眠抽屉。

下楼逛两圈舒气，顺道充当神秘途人，突击核查附近的捐款计划推广员。远看粉红格子衫够抢眼，三四个分头截击，鲜明的党阵；人流畅旺，好坏难说，去留之间分秒必争。近处徘徊数分钟，竟还不见上钩者？粉红兵看上去落力非常，但怕是太落力吧？一碰上人便连书带图硬挤，只管口沫横飞，也不留意对方的神色，几乎比骗财党更强悍厚颜！即使是兼职或临时工，也该受过基本培训吧？这班小子实在太不像样！池姐正要顺势混进人群，那高个子粉红兵刚巧逮住一名朴素悠闲的妇人，半退半推凑到一旁。

"小姐你好！我们是……"

"无休无忧会嘛，粉红色我认得。"妇人胸有成竹镇住高个子，"你不用说，我已参加过你们的捐款——"

"是吗？"这借口高个子听得厌，禁不住无礼回敬，"那你选了什么级别的计划？"

"蓝宝石，捐了一年不捐了。"妇人意兴阑珊摇头挥手，放眼望向大街人潮。

"原来这样。那为何停止了？现在会否考虑……"

"钱是花了，倒不觉那边因此太平；与其助人不如助己，把钱留着大有作为，心里踏实呀！"

"但你明知那边不幸如此，"幕幕惨况于高个子手中随页掀开，"心里还能踏实吗？不幸不绝，行善无休，乃是我们无休无忧会的……"

"那让我良心大发时才再找你们求饶吧，现在先放过我……"妇人推开高个子手上的册子，又刻意绕过四周的粉红兵。

"小姐您好！我……"

"我是总部的人，既然旧客老早选择自愿离场，从头再说大道理只会徒惹反感；弃旧迎新，抓紧时间追捕下位才划算。还有，那创会的八字真言老套得要命，这里不是讲堂，硬抛书包怎能跟对方亲切地谈下去？离今天目标还欠多少名？"池姐敲敲那叠同是粉红的捐款表格。

"应该至少二十名……"高个子斜瞄池姐的镶钻腕表，已下午三时多。

"我会再来，切忌意气用事。你不是传道士，只是求财卒。清楚？"

善
差

下一季的财务预算始终避不过，池姐独留办公室重拟会计部传来的各项打算，时钟无谓看；算式表报价单铺天盖地，手一推乍现无名信封，平白无奇，该不是设计师的心血。封口大开随意非常，却又揭出一幅血指画！池姐想不出要致电谁，只见微笑圆脸变苦脸，眼角还多手扑上血泪！来不及欣赏远方心意，池姐慌忙报警，以策万全。

崇礼记

一份三页的红纸表格，枣填上一手浑噩的红字，红上加红，看得她无名火起。每来一趟礼栈，总得破一笔财，何况这已是本月第三回，连表格的分栏枣也比谁了如指掌。仅"对象"一项写上"共事五个月三周的旧同事"，已教枣万分无辜；"送礼用途"选"婚宴"，倒没一丝喜庆，再报上婚宴选址的地段级别、与对象合照的总数、对象的估计年薪，甚至于未来两年跟对象交流的机会频率，通通愈准确愈有利自己，枣当然了解。糊糊涂涂画满一份，枣立刻被中央广播召到六号柜台，她有种自讨苦吃的不情愿，身子惰得不得了。

六号柜台的职员跟邻台的一样，女性，端庄的黑色套装，头顶一朵盛大的红蝴蝶，电动拍翼，坐近她有风。枣认得六号，她看起来格外老，配蝴蝶是不幸的冲突。

"又是婚宴？"六号开口甜美得很，跟样子更不配。

"没办法，上了年纪老是遇上。"枣鲜有地不羞于提及年龄这话题，她敢打赌对方比她还敏感。

六号倒没搭上话，顺序倒序把表格揭一通，果断圈出一些栏目，然后让计算机扫描得赤条条，结论全印在一张缓缓输出的收据上，红色。

"礼金、礼物、发型妆容衣鞋和香水味道都列好了，照办没错。有空可参照后注的恭贺笑容指数对镜练习；即使不做，新郎新娘也不怪你。不，这很难说。"六号把那张卷曲起来的送礼天签拉直，让枣接好。

重点在那估价，礼金连礼物抢我三千八？

"这会否太有诚意呀？"枣厚着脸皮质问，心里老早鄙视"礼多人不怪"这愚想。

"这是我们的综合建议，如超出你的预算，或可移玉步往敝栈地库的次货区，拣取类近的礼品，但不保证新郎新娘会否看穿，扫兴。"六号的声线甜美得竟然有点妖毒，枣放下既定的服务费后白了那红蝴蝶一眼，被欢欣满载的广播音乐推到无底的地库。

地库对枣来说不陌生，去年的前情侣节和护幼节，她都在此挑了些勉强合意的烂东西。谁叫那堆前男友没个有良心？亲戚的小孩又以量逼人，件件厚礼实不划算。虽

崇礼记

是工作天的午膳时间，地库却藏了不少寻宝者：家品部的"新婚但性格相异"和"单身男疑似同性恋者"的礼盒装被翻得热腾腾，选礼赠予此等对象果然不容易；"新人身份不明，得罪也不怕"似乎正中下怀，枣佩服自己利落的分类，拐个弯推到那排礼品架的最前线，草草感受数份颜色较为鲜艳高贵的包装的重量。最重的，付钱包好，还剩六分钟赶回公司。枣不打算知道究竟买了什么。

　　身为高级商厦的上班女性，枣不用穿高跟鞋成何体统，可靠脚谋生的她，一双耐耗的黑皮鞋才合逻辑。马马虎虎于洗手间整理仪容后，一身黑色套装实在跟礼栈那伙人很像，饭后遮肚腩最好。枣一边跑向大厦富丽堂皇的正门，一边夸张地把嘴巴拉开八方，松弛。她毫无杂念，精准地把一扇玻璃门推开正正九十度，笑容面向冷清的街道，左脚跟默默顶住门角；稍一松开，那直角便毁，那幢大厦的总裁声明门塞很关键。

　　不负众望，总裁也挺着沉重的肚子回来。枣的左脚加紧抓实地下，放松笑容。

　　"谷先生您好！"鞠躬也成直角，枣差点把胃气呕出来。

　　总裁愈是个子矮，头抬得愈高，跨两步掠过枣，门阔刚好让他进得舒服。左脚有功，无赏。

如常收到无线对讲机的通知，总裁于下班前不会下楼。枣马上撑着大门，略略提起左脚伸转，差不多了，又脚踏实地挡住门角。这次门收窄至六十度，对，总裁级以下、经理以上的通门准则，其余员工和非员工一律仅以三十度溜进去。活动门塞很关键。

大厦全员无不知总裁面无表情，假若他向你打招呼他才有病；可枣老是看不过眼一些小经理有样学样，上班进门时眼睛宁愿望向火星也不赐枣一下早安。她确实痛恨双脚出卖自己，笑容出卖自己，一天十小时出卖自己。部分狼狈的下人于那三十度的空间挣扎之中，偶尔不妨向枣报个苦笑，不知是遮丑还是同病相怜。枣心里多个样，面上一个样——亲切，管他猪狗牛羊都要以礼相待！万一松懈而接到投诉，多不值！

枣立得正，笑得开，大厦的门全靠她。

这月实在受气破财得厉害，枣无法不再三躺进礼宾舱享点福。难得住所附近开设分店，店内五十格如棺材大的私人礼宾舱，自助投币闭舱，影音茶水按键奉上；最大卖点落在不露面聊天服务，那把既机械又怀柔的声音，每分钟十二元，大众拍掌叫好。

拉合舱口的布帘，枣几乎以为这里是家。输送口推来一杯玫瑰热茶，香气熏得人懒困，但枣唤醒自己，重头戏来了。

她伸手按下舱顶的对话键，召听天外来音。

"晚安，贵客躺得舒服吗？需要调高温度吗？"正是这种奉旨有礼的态度，俘虏了广大顾客。

"还可以。今天月经刚来，心情不好。"枣诱人地往左侧，旁边缺个情人。

"暖水袋稍后免费奉上，请笑纳。今天工作顺利吗？"输送口立刻有收件，枣把温暖抱在下腹。

"顺利的话便不用来这里，好言好貌没人领情，那道玻璃门不重不糙，本小姐一双长腿要给你们大爷顶门？怕是你们万世修来的福！"为表证据，枣狠劲出腿，舱顶那声音没有嚷痛。

"月经刚来不便大动作，忘记烦躁倒于皮肤有益。需要播放轻音乐吗？"

"我来这里是找你聊天，音乐吵起来如何聊天？逼我大声说话我可不接受，我要悄悄话那种亲密的感觉，你懂吗？"枣把身体翻向右边，跟冷冰冰的墙亲密起来。

"贵客真懂情趣，愈静悄愈神秘……从现在起，我加置黑洞声音效果，让你恍如跟尽处星星细诉点滴，这主意如何？"声音目前维持原状。

"随便你，试试看吧！顺手调暗灯光。"

"星星遵旨。"黑洞瞬间降临。

终于带着兴奋再临礼栈，原因虽然冒昧，枣却认为有此需要。她瞥见那叠如罚款告票的红表格，心也凉快——这趟她不用填，甚至可以直接登记轮候面见特别顾问，开门见山她喜欢。六号老蝴蝶跟四号换了位，依旧唠唠叨叨叮嘱他人按礼办事，如苦口婆心的教主。特别顾问的柜台灯亮起了，枣有如先知般拔足步近，但又附点伪装的难为情。果然是顾问，一看便知保养得宜，头上还好蝶成双，状似交配。

"你好，请问有什么可以帮忙吗？"顾问递上热茶，六号从未做过。

"你好，下周是我的生日，我打算邀三五知己吃个饭庆祝庆祝，但我不希望她们以为这是非给我送礼不可的意思……当然，或多或少我也期待收到一点什么的，但很怕一见面她们就如进贡、交差般伸手送礼，好像是这饭局的入场费、通行证之类。虽然我是寿星女，收点礼也是理所当然，而她们也该不会不识趣，两手空空来贺我吧……有关这些细节，不知你可有些意见？”

"明白。类似你这种情况的个案我还见不少，始终礼这回事是挺难搞的。首先，不要把饭局安排在生日当天，不然她们会认为你没更重要的人约见，可怜你才出席之余，即使真的不送礼，你也没她们办法，奈何不了；也别定于生日后，因为很多人拿补祝做借口免了贺礼。最好是生日前两天，提早庆祝可让她们洞悉你对生日如何在意，不好意思不带礼；倘若真有人不识趣，你也大可说笑多给她两天好好选礼，于生日当天前补送便可，很保险。"头上的双蝶拍翼赞同。

"你这样说我便放心了，反正生日当天要上班，两天前倒是公众假期，大有机会成事。那我邀约她们时，需要注意说点什么吗？例如'千万别破费送礼噢'之类的反话？"枣把没茶的纸杯按扁又张开。

"提及生日便可，切忌触碰礼这一环，她们自然识趣。祝你好运，生日快乐！"顾问把录音磁卡递给枣，方便她重温刚才对话。

准寿星女胸有成竹地离开柜台，经过通往地库的楼梯口。那不是珍吗？枣一直打算饭局算她一份，毕竟她最顺人意，可枣瞄见她从地库捧出来的礼品后，恐防被她认出，立时转身逃向出口。

在礼栈遇到熟人很尴尬。

三五知己无不准时恭贺，无不送礼，无不祝福枣一大箩甜言蜜语。除了到贺时稍为闹哄哄，整晚满台饭菜满怀心病：最好吃的不敢多吃，最倒胃的不便多剩，好事不宜炫耀，有病不该呻吟。枣也没抢着当主人家打点大局，反正饭桌前人人平等，三五知己知己知彼。夜深前，枣捧着大小礼物，一肚空虚赶抵快将关门的礼栈。找答案吧，她迫不及待滚到地库。珍送的那盒紫色……白丝带……六角形……这边还剩七八盒！枣抬头面对那礼品分类："小气自大、无谓得罪的假朋友"。枣本可以怒起来，痛斥礼栈为求生意离间友谊、抹黑朋辈光辉、商品说明误导顾客……但她只字不吐，百无聊赖翻翻此分类的其他礼品。啊！原来假朋友值这些。

家，她的确不想回。生日前夕孤零零躲进礼宾舱，不知可有同情价？公事公办的礼物全堵在舱末，害她非曲着脚不可。刚躺好才骇见舱顶的对话键贴上"待修"，果然连黑洞也容不下黯淡颓唐的寿星。枣没点茶水，干着喉咙慢慢枯萎，静得禁绝表情，如尸；那天她们来鞠躬道别时，可会拘泥帛金多少？眼泪指数可曾对镜练习？入棺前我还要花钱向顾问讨教仪式的安排吗？枣知道这一切不吉利，可她没打算不想下去。

始终是生日，枣站岗时难免笑得苦，唯专属总裁的九十度依旧调得准，没失礼；六十度和三十度的卑职也分批入门，如此个人的一天令这些掠影般的脸孔格外陌生，陌生人传来的关怀又格外可疑——一名发端漂金的小姐逼近三十度前，突然把什么酿进枣的手心。

"辛苦你了，这个按摩膏不错。"还未听到谢谢，漂金小姐已被挤进大厦，堵得很。

枣不能不装作若无其事，不然神经一动，左脚跟难保正正的三十度！可脑袋还是能勉强转转：按摩膏？她懂我站得脚酸！还是她知道今天是什么日子？她那些金发是刚染的吗？从来没留意到……在一切揣测还未甘于平息前，她只能站正。

既然茶饭不思，枣干脆于午膳时间求见礼栈的顾问。

"是否生日饭局遇上波折？"双蝶焦急地问。

"饭局过了，没事。请问这里的地库有售这支按摩膏吗？"枣掏出证物备案。

"没有。"

"那精品部呢？"

"也没有。"

"刚才上班一名同事送我，呀不，我也不肯定是不是送，可能她要我稍后付钱也不定。我不认识她，也不清楚她是否知道今天是我的生日，呀不，她倒没跟我祝贺。我对她的行为满感疑惑，怕是什么祸端。"枣捏紧证物不放。

"你知道她属哪个部门吗？"顾问认为枣连生日也来一趟还真闲得很。

"刚才打听过，人事部。"

"可能是不满你的工作表现的暗示，你……"

"不会吧，即使我的腿酸得发麻，也堂堂正正站得直，只是非常偶尔弯弯脚跟……"枣似乎于心有愧，说不下去。

"又或是什么送礼节日将至，这小人随机抛砖引玉，好让你识趣回礼。"顾问频频点头，披露阴谋。

"还要回礼？腿酸是老娘的事，献这殷勤管这闲事干吗？区区三十度的小人，何来胆子惹我？"枣狠劲掷掉按摩膏，连手也酸起来。

"这样吧，若她不是高层人士，即使不回礼，还得答个谢。到地库挑张感谢卡，算是最低成本的回应。"顾问把证物拾回归案，准备收好枣的付费。

"真是无妄之灾！来年怕是霉运重重！"枣深信与其写感谢卡，还不如回现金，但顾问的话始终要听。

适逢总裁弄个什么"最有礼员工大奖"，限额三名，豁免加班一周兼例外特享总裁级九十度开门厚礼。谁也顿时非礼勿做，枣托人把感谢卡送到漂金小姐的办公桌也当然绝不意外；卡只填上、下款，反正预设谢句早已印得秀丽动人，简直比心声更浓。大奖选拔周实在碍眼，明明快要迟到，诸位还排在大门外密密点头，碎语早安，礼让如君子，害得于门边恭迎的枣非要比谁都做足功夫不可，典范也。她没有刻意向漂金小姐打眼色，甚至一视同仁得只盯着每位的额头道早安，毕竟望进对方的眼珠太肉麻，枣受不了。

虽然全民有礼，可总裁始终我行我素，冷酷丝毫不减。或许这是总裁级礼的表达，凡人不懂，但绝不能怪。果然如枣所料，大奖由市场部的拍马屁三杰包揽，可他们从不加班，每每把工作往手下推；夺奖恐怕只为虚名，为升职加薪添点呼声。

一声令下，下一波全民运动随即展开——"贪污大扫除"。多亏总裁心情飘忽，前一周的满满礼爱，今天只剩人心惶惶：凡于过去半年涉嫌行贿受贿者，不论礼品金额多少，一律革除；相关贿礼无论开封与否，全数充公，总裁向来干得狠。光是每天下班后的个人和小组审讯，已教人把礼恨之入骨。全员无不立时疏远彼此，所有交往一概抹清。

礼？"送错人了！""买一送三，自己用不着那么多"，甚至"快过期，浪费对地球有愧"都合理，可漂金小姐老是说不清按摩膏的由来。既称出于好意关心同事，又谈不上跟枣的充足情分；枣当然大力自保，交出原封不动的证物不说，连回礼的感谢卡也跟礼栈顾问的对话记录和盘托出，审讯时听得漂金小姐分外难堪。由于自辩理据不足，审讯专员一致裁定漂金小姐涉嫌向站岗职员枣行贿，试图获得豁免登记迟到，即日革除。

枣装得比漂金小姐更无辜。

当漂金小姐收拾物品随保安下楼时，枣已回到大门加班看守。迎着犯人步近大门，枣绝对没有不好意思，还加以肯定多管闲事必自作自受。一贯亲切有礼的姿态请安送别，漂金小姐于三十度的刹那回道："多来礼宾舱，黑洞等你。"

枣的左脚跟直发酸痛，一软不起。

非黑即白

屋苑这个月派发的垃圾胶袋是白色，因为是单数月份，所以是白色。萍如常是最先下楼领取胶袋的住户，她步出升降机时，身上一袭长如婚纱的黑色胶袋裙，拖曳着升降机角落的发团和狗尿味，"沙沙"地唤醒刚当值的大堂保安员。

"又是这团黑脂。"保安员心里喃喃，呵欠溢出一池死灰复燃的烟草味。"早安，卢小姐！"

萍停在六十格银光闪闪的信箱前，数算自己照在那幕信箱上的身影，到底占了多少格。

"四十二。"她回保安员一声，然后从插满白色胶袋的信箱中，抽走一六〇二号箱那份。她手里没有拿到黑色胶袋时的满足和兴奋，因为她认为白色不及黑色有效修掩双臂、肚腹、大腿、小腿、下围和脚趾的线条，所以，她喜欢双数月份。

萍"沙沙"地进门，这时她的母亲已端出一个由首饰箱改装而成的缝纫箱，心形的宝石红蓝红蓝地嵌在箱盖四边，仿佛盖一掀，缤纷耀目的魔法便会如烟花般爆开，开出少女梦寐以求的款款新装。"啪啪"，萍解开魔箱的扣，用手指草率画画，点算里面的东西齐备后，便挑出剪刀、奶白色的胶贴卷、针和白线。母亲趁电动风扇缓缓回过头来时，利落地把一折白色胶袋如浪般扬开。萍知道每当缝制白色胶袋裙时，母亲总是分外卖力，处处讨萍的好、帮萍的忙。这让萍不好受，因为她绝不愿意令母亲以为自己会为穿不到黑色而动辄发怒，非要人迁就她不可。

　　当萍于去年的圣诞大餐后称重，发现读数突破二百三十磅而决定从此不再四出①搜购无限加大码孕妇装，改为自制宽身塑料装时，她已意识到，只要自己有方法，就绝不要时装店售货员、屋苑的升降机乘客和其他或会因她的身形而惹上麻烦的人厌恶自己。她不知道如此想法是否间接承认自己的肥胖是对公众的一种罪，她只希望自己离公众有一点距离。

　　母女二人把两层薄透的白色胶袋按在粗糙的纸样上，

109

非黑即白

---

　　① 粤语，到处。

并用铅笔淡柔地描画领口至双肩的线条；天花的飞碟形吊灯把萍庞然的身影打在白色胶袋上，如乌云般挥之不散。

电视新闻报道员的咬字像无尽的不明符号，飘浮在萍与母亲之间。她们彼此在猜度对方是否聆听着新闻，还是只在专注于摸索纸样的边缘。忽然，萍的双耳像长出了天线般，对报道员那适合唱摇滚的声线接收得异常清晰。

"著名的蛇灵街是占卜算命的热门之地，六十多年来吸引大批市民和游客慕名而至。日前，蛇灵街更获列为世界非物质之第五级精神遗产，此级别的定义为……"

母亲瞥见萍的铅笔刺穿了胶袋，但没有立时指出，正等待萍察觉那瑕疵，才听命应该如何处理那匹胶袋。这时，萍贸然掷弃铅笔，乌云随她退离桌子，一身不规则的蓬松黑罩，"沙沙"地迈向门口——关门。母亲独自凝视胶袋上那毫不显眼的破绽，心里怨骂："该死的洞！"然后搜罗房子里共九支铅笔，于纸上重复抄写萍的名字，直至每支都写钝了。

蛇灵街没有蛇，却有三十多户用竹棚和羽毛盖成的神算摊位，俗称"神位"。每户神位的门前都挂着一件吉祥物，其中以虎须、海星牙和信天翁左翼最具灵气；户主按个人的作息秩序决定亲民时间（即营业时间），非亲民时便留守摊内灵修冥习。

萍从来不是趁热闹的那类人，对本地名胜的认识又远逊一般游客，难怪当她驻足于蛇灵街南口的羽毛牌坊下，才首次发觉街上竟然有东西比自己还惹人注目，且霸气迫人。

萍既迷茫，又好奇，一股黑雾"沙沙"地混进羽毛圣地。这是非繁忙亲民时间，不少神位干脆关门休息，只余中央道十字口和近北口共六位户主，半梦半醒地等候急需搭救的庶民。萍来回打量这六户，好几次更探头窥望那些非人非鬼的户主，以及神位标榜的算命主题。她挣扎于"智慧由齿出"和"施发"两户之间，拿不定主意，但认为自己的头发早已饱受染烫之伤，作为算命的根据恐怕有违生性。于是，她再三忆起早上的洁齿程序无误后，便步进那吊着海星牙的神位。

非黑即白

神位里躺着一名神婆，无牙，正用三支棉花棒替上下的粉灰色牙肉涂抹消毒膏。她厉见①萍一身胶衣，以为快要下雨，连声催促萍长话短说，深怕神位的羽毛沾水后会霉气剧增，倒运倒财。

萍以为打扰了神婆，更尴尬得吞吐起来，心里责怪自

---

① 粤语，意为怒瞪一眼。

己生事，麻烦了别人。

"你不用说了，笑一个给我看看。"神婆不耐烦地把棉花棒插在脚趾间，然后拿起一块骤变于蓝绿之间的荧光放大镜，往萍生疏的笑颜验照。

"你笑大一点会吗？有牙就应多笑一点，不然像我这样时，笑会吓坏人的！"神婆扯着喉头喝示，再凑近萍发抖的下巴。

萍很困惑，思索不是发自内心的欢愉之笑，是何等牵强造作的表情。然而，若只消虚伪地露出两排牙齿，便可教他人心悦，倒是举手之劳的善事。

神婆重卧在地毯上，向放大镜打了两个假的大呵欠，再用羽毛擦拭镜面上的灵雾，晶莹剔透。萍不清楚神婆是否还需要她的笑容，犹疑地保持半张半合的口腔，看起来像受惊。神婆从脚趾间拔起棉花棒，把它们放在桌上，合成一个等边三角形。

"给我一个问题吧。"神婆爽快地道。

萍合上嘴，用舌头扫一趟上排的牙齿，感觉口腔湿润了，便说：

"有什么方法可以让我瘦下来？"

神婆似料到如此一问，淡然地点了点头。

"你抽起一支棉花棒给我看看。"

萍瞄瞄那三支双端皆发黄的棉花棒，忽然自觉责任重大，仿佛拆开惊天迷局的最后一着，即将落在她手中。她对着那三角形看得入神，甚至企图用念力于三角形中央生一撮灵火，灵火紫蓝……

"有这么难吗？"神婆焦躁地拍了一个响掌，吓得萍慌乱地挑起其中一支。

神婆从萍手中接过那注定的一支，又往下排牙肉刷刷。萍把神婆的一切动静看在眼内，光咽口水都咽得渴死了。

"肥瘦皆有命，命运由此生。"神婆慵懒地指一下周围，"瘦下来很容易，'你易瘦，你易瘦'……从今起你多用点二手东西吧！很快见效！"

萍立刻恍然大悟，泛出悠然的微笑，但大悟过后，很快便狐疑起来，双目于皱眉下闪晃不定。

"就这样吧！可别说我没教晓你，这是近音通运法，属海星牙独派的精炼灵法，信则有，不信则灾！"神婆夸张地打了个大呵欠，拍拍桌上那贴满海星磁石的钱箱。

萍不好意思再劳烦神婆，只好从钱包掏出十八颗赤珠，"当当"地投到钱箱里；谢过神婆，"沙沙"地从北口离开。

为免萍触景伤情，母亲早已把累事的那匹白色胶袋与缝纫箱一并收起，还准备了半打萍最爱吃的溏心鸡翼，只待门一开，一切便有望化为食量。

　　萍把钥匙钻进门锁时，已被鸡翼的硫黄味熏得手软，差点跌了钥匙。她知道门的背后，又是母亲那个战战兢兢的笑容，慈祥得不忍直睹。没雨，萍的黑衣当然滴水不沾。她如常一个屁股霸两张餐椅，卷起碍事的两袖蝙蝠翼正要动手时，忽然害羞地请母亲把每只鸡翼都先咬一口。母亲不明所以，或许萍想找人试毒，或许萍想分甘同味，或许萍想节食瘦身？不，这是最不可思议的假设，母亲"怦怦"跳的心想着。

　　萍把那六只先被母亲咬一口的鸡翼吃光，如孕妇般在肚皮上按了两圈，好像真的比平日没有那么腻。她"沙沙"地撞进母亲的房间，翻出所有内裤和乳罩，两手捧得满满的送进厨房，饥渴地合成搅拌机的组件，然后把三条内裤放入机内；合上盖，按下"三合一"的键，搅拌机便唱起五次国歌来。唱毕，萍从机内拿出那条改装的超大码内裤，在腰前粗略拉拉，合身，便重复处理其他内裤。至于乳罩，则选了"二合一"的程序。

　　"放心，明天我给你买新的，这些让我穿好了。"她在一片国歌的前奏中，向收拾着鸡骨的母亲说。

对萍来说，找二手东西比任何坊间的瘦身方法都来得容易，而且有利环保，确是不可多得的利人利己之道。保护动植物联盟会所成了萍人生中第二处到访的名胜，她隔天往那里领养一株潜水仙人掌、一条无鳃凤尾鱼、一只鲁迅渴望陪伴写作的墨猴……房子顿时添了生气，爱心满满。萍和母亲分头打理各种寄人篱下的生物，逐渐无暇打理彼此。

虽然食肆经常使用过盛的调味料，且煮法千奇百怪，每每刁难人类的消化系统，但萍的晚餐总是离不开屋苑偏东南六十九度、一所名为"菌馆"的餐厅。每夜七时，店员都支吾恭候他们口中的"洗碟机"——萍从不点菜，只吩咐店员把收回来的剩菜都转奉给她，酸辣腌烧，无任欢迎。萍吃得开怀，两颗青珠的一晚，积德又通运。

仇人节当晚，菌馆限定顾客一人一桌，独自用餐，免生事端。店员如常轮流把其他客人的弃餐都堆置到萍的刀叉下，正当她的一双崩门牙刺破那口冒气的分子墨汁菇时，一名短小瘦削的男子隆隆地拖着椅子，右手持刀，与萍对坐。

"你知道口中的墨汁菇是谁的吗？"男子问毕，脸被溅成一幅山水画，分外清秀。

萍瞪着那小个子，来不及勒停嘴巴，又往那男的污脸添一笔。

"不好意思，先生，我以为你吃饱了，所以才……"

男子墨流披面，如血，一手夺去萍的刀子，吓得店员们纷纷上前戒备；全体食客高举双手，如庆祝节日的一幕。萍试图动身，但身上的黑胶篷似乎动辄吵耳，与环境违和。男子再进逼，干脆抓实萍的手着她站身，刀子不知遗在哪里。

"来，我带你吃一顿好的。"男子掷下一颗大赤珠，滴着墨与萍离开。

仇人节成为萍和滴墨男的恋爱纪念日。他们没再光顾菌馆，但自那夜起，男的左眼角印上一颗痣，不掉，男女皆视之为喜兆。男的家族是蚝油眉膜王国背后的投资者，其眉膜无色无臭，却可使双眉持久上色，深受男女追捧。男子欣赏萍广泛收集二手物的习惯，属他奢华的家族中少见的美德，对她一见倾心，还让她裁造白胶袋男装礼服，与萍黑白对称，走在街上像情侣，又像天使与魔鬼。

母亲并没过问萍的恋情，见她活得宽心，又不再定时上磅记录，一切似乎随安起来。萍深知体重依然徘徊于那个数字左右，但每天与滴墨男东奔西扑，搜刮各样二手物的源头，甚至参与蚝油眉膜的二手成分研究项目，心轻身不轻，也算是福。

近黄昏，蛇灵街步入繁忙的亲民时间，光是海星牙神位便吸引了四十多名信众苦苦轮候。萍埋在队末，耐心地让时间把前端的信徒一一带走，反正她此行只为报喜报恩，可以等。

好不容易应诊了大半天，神婆抬头骇见萍一身胶衣，以为快要下雨，累透的心突然激动起来，又带点疑惑。

"是你啊！看起来好像瘦了点，早跟你说信则有，信则灵嘛！"神婆滔滔地说，然后削亮一根无头无尾的火柴，细腻地熏烫牙肉，听说有助提神。

萍被神婆无从稽考的招式迷得脸红。她脸红，又或许是因为听见"瘦"这金一般的字。

"我照你的说话，穿二手服、吃二手饭、养二手物，然后交了新男友。"萍微微笑开，怕脸已经红得失礼。

神婆听得沾沾自喜，霎时失手把火柴钻进牙肉里，一个黑洞冒起烟来。

"不错不错，那他长相如何？"

"小个子，矮矮瘦瘦的，左眼角有颗痣。"

风渗过，神位内的羽毛蠢蠢振翅，火柴也凋谢了。

"你是他的初恋？"神婆猛然一口一口地吃掉火柴。

萍惊异得无法作声，忽然喉咙堵住了。

"他是处男，你万不能跟他一起。"

"为什么？他人很好，又乐意跟我到处找二手——"

"正是因为他不是二手呀！"神婆呼烟大喝，"要不你随便找个女的跟他先睡一晚，不然你跟这处男生下来的宝宝，将逃不过先天性高血脂而中风夭折，三天内必不保命！"

男人不风流，女人添哀愁。萍心里轰然怨命，怨畅快游泳着的血脂，满目忧惶，奢冀神婆快快揭晓破厄典方。

"我要说的就是这样，肥瘦皆有命，祸福皆有因，自便。"神婆执起一根羽毛扬扫前方，示意召见下一位信徒。

萍一手撒种源源不绝的赤珠，喂得钱箱饱饱的，向神婆鞠躬道谢，却浑身乏力，像中了恶毒的咒。

门一开，房子里五花八门的异物，看在萍的眼里，忽然是吃力不讨好的功夫，费时失事——母亲凌晨和中午要替仙人掌的水缸换水，如厕前后又要为凤尾鱼插喉通肺。萍被忙得一团糟的母亲弄得烦躁不安，母亲的影子如雷电般闪伏不定，几乎一击即中萍的歪想——让母亲含泪与滴墨男欢愉一宵，只为孙儿健康成长，三代同堂。

萍"沙沙"地荡进母亲的房间，那台柔软的单人床，污亵得令萍惊颤怒昏，连卷在萍的耳窝里酣睡的墨猴也吱吱梦醒，瞪目觅光。难道滴墨男为讨芳心，才诡称自己是处男？萍抖擞起来积极拆局，试图删去刚才对母亲的大逆妄计。那菌馆的女店员如何？她们位位茹素成仙，脱俗窈窕，恐怕滴墨男会一试难忘，终身回味。

非智。

萍隔着黏皱的黑胶衣，抚按肚皮下的血脂，想到会祸连未及入世的宝宝，便默泣起来。

"吱吱"。

她狠狠地往心里压，压出一个打算。

蚝油眉膜科研实验室养殖了过千只肥美滑嫩的复制蚝，它们一只一只地沿实验室的水管浮游，一小时循环八十次。只要研究人员扭开水龙头，蚝只便呱呱坠地泄出来。实验室的西翼摆放了一排排三层床架，躺着一具具从医院购回来的植物人，用以测试眉膜的功效。滴墨男捧着一碗混有二手成分的眉膜试剂，用眉扫沾一点，往五十四号床位的秃头汉涂眉。

萍在旁看着。

"真的很抱歉，我想我不能再跟你在一起了。"萍随潺潺的水管声，吐出意外的告别。

滴墨男把温柔倾注到那两行枯旱的毛发上，以为萍在说笑，连秃头汉的嘴巴也仿佛稍稍动了。

"怎么了？你不喜欢这里的话，可以先到外面等我。"滴墨男转向萍，装作向她的眉也扫一趟，却逗不出笑声。

萍后退，又不敢直视他，只好把焦点调到那颗不掉的痣。

"我不希望消耗你那方面的第一次，我做不到。"

"哪个方面？你指二手成分这个项目？"

"不。"萍不擅把话说得明白，只好往秃头汉的下体指一指。

男的看明白了，放下手上的眉膜和眉扫，轻揽萍宽厚的腰，窃声地道："我十分愿意，而且只选你。"他缓缓地把萍拉往四十九号床，正要倚坐床边时，萍立时转身撇走，黑胶衣"沙沙"地扬滚，几乎吵醒那床上的脑创寡妇。

菌馆这天分外热闹，因为是穷人节，每人免费任吃四十五分钟，酒水任添。萍独自坐在初遇滴墨男的那一桌，想起数月来没再跟对方会面；听说男的因为被萍超越物质的节俭标准感动，为了如萍所愿，把自己无用武之地的精子悉数省下，于是远赴海星牙坳的神寺出家终老，毕生誓保贞操。萍对此说法半信半疑，私心却祈求千万不要毁掉对方的一生。

任吃的制度使食客贪婪得忘形，到处杯盘狼藉、唾沫横飞。只有萍一人从不争先下菜，照旧人弃我取，在穷人节显得格外凄惨。店员忙于翻查客人的入座时间，时辰一到便送旧迎新，马拉松式的人物流转，使这夜特别耐熬。

不知厨部是否不胜负荷，顶着一株白帽的总厨忽然驾临食堂，汗流浃背地绕场观察，最后停在萍的桌前。

"这是任吃之夜，怎么你又在拾人牙滓？"总厨把白帽竖在桌上，手背掠过前额，全是汗。

萍怕总厨误会，以为她不放心食物的水平，所以才先让别人尝鉴。

"请别介意，没什么，反正浪费是可惜。"萍草草印拭被茄汁染得艳红的唇。

"那我让你当这儿的老板娘，每天帮忙吃光客人的剩菜，如何？"总厨把魁梧的体魄倾近萍，伸手捏一口萍胸前的猴头菇水晶包。

冷的，却味浓。

萍这时才看清，总厨淹在汗水下的五官，竟刻得精巧分明，眼睛懂笑，毛孔呼出饱满的汗，欲滴欲淌。如此俊俏的脸躲在厨房里，真让人意想不到，萍惊喜得差点忘了总厨那令人咋舌的提议。

"但我曾经离婚，希望你不要介意。"总厨补充，吮弄拇指，似乎颇满意自己的厨艺。

真命天子刹现眼前，萍忽觉馆内的吵闹喧呼，都是对她的热烈祝贺，她几乎想向全场举杯。

"我不介意。"

菌馆成为萍的第二个家，每天让店员殷勤奉上琳琅满目的回收餐，与总厨于厨部你一口我一口，再有剩余的便外带回家，喂鱼喂猴喂母亲。如此的循环做法更为菌馆赢得"最环保的十大食肆之一"的美誉，促使邻近餐馆相继效法，先由店主和店员以身作则，以客人的弃菜为粮食，大搞噱头；连海星牙坳的斋宴也指定由菌馆包办，且必须全是馆内的回收剩菜，好让坳上的寺人积德聚福，早日成仙。

面对总厨英朗妙惑的脸庞，萍每刻吃得赏心悦目，胃口大增，肚腹于黑篷下也渐渐隆起，甚至隆出一个胎儿来。为了让萍待家静心安胎，总厨悉心派员从菌馆送递回收餐，又埋首钻研各类于孕妇有益的菇菌，重新设计餐馆菜单。或许是素食的影响，萍的产前健康报告显示她的血脂大幅减少，介乎偏低至正常水平。萍牵着母亲的手，轻揉那浑圆微颤的巨肚，祝愿宝宝健康益壮。

菌馆的大门贴上一张"馆主有喜"的红纸，全体店员大清早已移师医院的产房外，而总厨则偕同萍的母亲，守在萍的身旁齐来力竭声嘶。正当医护团队决定进入剖腹程序时，胎儿又及时打了个筋斗，为医生省一刀。萍嚷得喘气，气若游丝的一刹，刚巧接上宝宝的哗哭声——男的。总厨从护士手上接过婴儿，哭笑不得，但萍从母亲的眼中，却看出隐隐的忧惑。

产后第四天，天还未亮透，萍已焦慌地跑到婴床前，嗜睡的宝宝正淡缓地呼吸着。萍如释重负，凑近亲吻宝宝时，却骇见他的牙肉长满一只只忙东忙西的蚂蚁，吓得她立时往地上又吐又咳！萍用发抖的手掩着嘴巴，再探头看清——宝宝眼睛的黑白部分对调了，像鬼！

经医生诊断，婴儿的异状属基因诱发而成的表征，本对健康无害，且视觉和味觉更会较常人敏锐，唯表征不会随年恢复正常，属永久性。萍对不堪入目的亲儿难以释怀，只嘱母亲代为看顾；总厨替食欲不振的萍而难过，但仍爱儿如初，似乎早已接受他脸上的不平凡。

萍已经整整一周没有抱过孩儿，终日只顾缝制大大小小的白胶衣，像丧服。她始终不甘心，毅然赶抵蛇灵街，向神婆问个究竟。这时属海星牙派独立日的全球灵修时段第五节，神婆正闭关默诵派典的序曲，忽然门前拍响如雷，天花掉落三根羽毛。

"何方妖孽？"神婆站正施掌，抵着门。

"是我，用二手东西的那位。"

神婆拉开门缝，见萍一身白胶衣，焕然一新，却依然以为快要下雨，正打算把门关上，立心赶快完成诵典仪式。

"我诞下一个怪婴，请救救我！"萍及时抓停神婆满茧的手，原来无骨。

鉴于是特别加班亲民时间，神婆明言只限五分钟，且收费比平常高六倍。

"我早跟你说别碰处男，不信则灾！"神婆心里背诵派典，一心二用。

萍大呼冤枉，且向神婆道出与总厨的一切，无辜得我见犹怜。

"那你们有没有用避孕套？"神婆闭目发问。

"当然没有，因为我们打算生小孩嘛。"

神婆猛然睁眼，四分钟过了。

"你生小孩怎可不用避孕套？这还要我教你吗？"

萍大惑不解，以为神婆因灵修被打扰而神经开始乱搭起来。

　　神婆往神台的抽屉翻了翻，钓出一物。

　　"你没有向我买这个二手避孕套吗？破洞的，是你这种人添丁必备！怪不得……"神婆把法宝塞到萍的手中，拍拍钱箱，时辰到了，"已成定局，我再没办法。"

　　萍捏紧那黏黏黄黄的旺丁之物，手臂感到谁的精子正鬼祟地往上爬，爬离蛇灵街。

　　神婆重新盘膝而坐，忽然，神台上的通灵电话自发地振闹起来，屏幕闪着"丑男来电"。

　　"神婆！是丑男呀！我刚添丁了，是个男宝宝，跟我小时候长得一模一样！幸亏你多年前指点我做整容手术，替我重新开运，才使我事业爱情皆得意，还荣升父亲呢！请别嫌我客气，我打算再向你添些灵钱，以报答你……"

　　神婆合上厚厚的派典，解开满泄的钱箱，想不通晚餐吃鸡，还是牛。

琵琶和吉他

这年头最蓬勃的行业莫过于街头卖艺。

直径五米的圆形地垫随笔直的折痕层层摊开，于行人道绽出一坛音域；吉他毕竟有点重量，使斗不禁毫无方寸地扭扯双肩和背部的肌肉，顺道热身。地垫的圆心没有记号，可斗总能直发站正中央，如走台一流的演说家。他偏爱头戴式麦克风，够自在；弦线和嗓门恰恰就绪，曲谱和歌词呢？都在脑海页页扬起。

一切只欠观众。

斗的眼神并没恳求途人踏进圆周的暧昧，他从不让卖艺沾上半点卑屈。要不是行规订明，至少要有五名观众在地圈内驻足多于十秒，方可开始表演，他老早把寂夜唱翻天，省得等。公众也无不洞悉斗的无奈，可人呀，有的喜欢看表演，更多追求看戏，难为情的那类：凑了四个吗？我偏站得远，让你望梅闹渴，心眼真累人。

幸亏斗也不是这行的初生儿，人数嘛，合则来，不合则去，反正手表都替他管好；地垫一侦测到五名观众，便向手表送上无线信号，表面的音符闪闪生歌，斗自然如喂了钱币的木偶，一动便唱，听命无误。

一家四口的两位小姊妹在垫上东张西望，且频频踩踢地垫，以为多加数脚音乐便会活过来，几乎把垫下的电脉践碎。情理上，斗应对这四口抱点不好意思和感激，毕竟这种自愿的呆等，秒秒彰显牺牲小我完成大我的精神。可斗的思路无情地清，第五位迟来甚至不来，怪谁？要唱便唱，不唱便不唱，无谓牵涉太多。

小姊妹腿都耗酸了，好奇的第五位终于姑且跨进圈里，让体重化成手表的喜讯，刺白的澄光立时亮透地垫。吸一口无音的气，斗呼出微扬的律韵，拨调和弦启动天堂。

"这灌木会写诗吗？那候鸟会默哀吗？你可试过种烟花？我打算知法犯法……"

斗轻蔑的唱腔透露他是个不怎么深情重情的人，可他对于卖艺相当尽责：字再轻他也咬得正，音再飘他也扣得准，嗓门随指力收放有时，时刻避免麦克风吸入喷气声。只是长相实在有点模糊，半张半合的眼和唇，加上称不上很立体的鼻和下巴，你说你能猜拼出一个样吗？不能吧！所以他混这行准吃香，其貌不扬，注定给高傲的旁观者吓个惊喜，继而不得不留步平息心虚，好好赎罪。

其貌不扬是披着羊皮的狼，看准你的心送你甜头。

不管是地垫太亮还是声音太响，反正人如羊群，人数每达五的倍数手表便报告一次；十人唱两首，十五人唱三首，无人便收口。虽然斗自知不必因观众的增减而大喜大悲，可是花了三年多的工夫，眼见人墙渐厚也始终戒不掉那罪恶的虚荣感。斗一边挺起颧骨，顶持高音，一边心里猛力打压那茁壮的骄傲。

"大厦塌下你在……哪儿？"

末句的拨弦触发不冷不热的掌声，于曲与曲之间凝顿，人墙也按定律稍稍变阵，可去或留之际，还得先问过斗的手表——曲终时，手表的微型投射灯会随机照向一名观众，那块挡着光的脸孔时而勉强，时而欣喜，时而逃离，可大多于众目铁证下，步向圆的中心。斗的身旁，一支如人高的捞鱼网封了底，插在地上吞下那位观众随心的赠款；这算是个领头，圈内人为免袖手旁观，有的接踵走前向捞鱼网献意，有的干脆不旁观，走！难得选了替死鬼，还自投罗网的话岂不是天大的自作孽？

正当大众挣扎于慷慨与自私之间，斗例行检阅手表的报数，盘算接下来的曲目次序，随曲词的意境调整心情，旁边捞了多少省得理。只要还站着五名观众，这片圈总不绝响。

街头卖艺是正职，坟场秘唱是副业，那种没有收入的自我修业。每周两天光携吉他上山，麦克风捞鱼网地垫全不要；轻轻地唱，先人既愿听又想睡。初入行，斗忽发奇想来这里练歌壮胆，反正大白天，好听与否总不会惹什么，且杂音全灭，音准听起来分外利落，耳朵灵光时还偶尔配点回音，天人合唱。在市区唱腻了，才更觉这里难得——难得不用等观众，难得眼前的每位都专心，难得活的只有自己和歌声。

斗进出坟场定必鞠躬，上街时从不。有些歌他只选于坟场唱，对，坟场限定版，如当局禁的脏话歌、他写来自娱但不合大众口味的杂曲。他没有仗着墓主顶不了嘴而硬要他们听歌，他从不勉强人——和先人。善终娱乐谁会抗拒？他多渴望死后坟前有歌。

到处不缺街头卖艺，如此具规模的现象，当然跟其他吃香的行业般，得靠背后的产业化大力推动。以为多才多艺便可走上街头尽露本色？得考牌！牌谁发？找那个"流动现场演艺人员公会"试试看。斗当年拍了九段自弹自唱的短片，才勉强获留名于候补面试；那列考官的嘴脸，他恨不得过目即忘。

"你叫什么名字？"左二放下表格，明知故问，谁也看得出他在忍笑。

"高八斗。"罪名罪名，有罪的名字还真存在。可幸斗从来自命才华出众，这名字他受之无愧。

"吉他考了多少级？"右一咳清嗓门装严肃。

"我从没考级，都靠自学，你要我弹多高级我也可办到。"斗不耐烦唇舌之争，干脆拿起吞声忍气的吉他一展技艺。

"等等！你干什么？我可没批准你在这里弹。"正中敲着台面急得要命，仿佛曲一奏便置他于死地，"你为何希望上街表演？"

斗老早等着这一问，但原来从没备好答案。

"我只懂干这事。"斗轻拍吉他的腹，"我只有这个角色，别叫我做别的，那些不是我的事。我只做我的事，它是我的事。"斗顺势扫出一排和弦起歌，恰如音乐电台主持的播曲作风，牵着人听，牵着人发牌。

那是他唯一成功的面试。

总算称得上一名独立音乐人，可这社会呀，哪有真正独立的身份？平平无奇的妇女老要占"妇女群益会"一席位，与世无争的街坊自动入籍"街坊联谊会"；一个姓名背负数不尽的会员编号，难怪持牌维生逃不过缴年费、报考评核试争夺旺区地段，甚至地垫大小和灯光效果也得按公会的评级严格分配。

　　独立这回事？入党结派你才像人！

　　没什么大不了，反正牌在手，斗每夜安分守己经营自己的舞台。虽算不上人流最高的地域，但空旷的露天广场不正是街头音乐家的圣地吗？几乎灵如坟场！唱歌切忌把曲唱腻，既然写曲的速度有限，斗唯有翻唱别的歌手的作品，尤其女歌手；轻怨的挑逗的调皮的他都驾轻就熟，男相女声，先天的噱头！一些无缘走红的小品斗也爱挑，沧海遗珠最珍贵。

　　"热腾腾的，你猜是汤面还是温泉？"

　　斗于刹那急速吸气迎上高三度的升调小段，还居然不自觉斜瞄手表的报数——十二人。

　　多唱两首，这夜恐怕就要完了。

　　露天广场的人工回音总比原唱高一度多，耳朵精明的人不难发现，听起来不和谐，模模糊糊地混着却偶尔添润原声的质感，斗暗暗感激锦上添花。不，不对，怎么回音的节拍忽然跟贴①了？而且几乎比我高至少两度半？不，我应该停唱听清楚吗？难道坟场的捧场客飘了过来？

斗手口不停，看似身经百战的老牌天王淡定应变，可那外头的声音……你看！不是我的错觉！连观众也纷纷流向那声源！手表的报数剧跌至六人——其实不靠手表也显而易见——我还得唱下去，歌是我的，舞台是我的，观众是……听！听到那声音，那高得非人非妖的奇声连吐字也咬着我跟得似模似样！来者何人？

这刻斗肯定那是回音以外的作怪。

"直至你喝……下……去……"

好不容易稳住末句的长音，歌曲告一段落之际，如雷的掌声让斗深信在场不止他一名歌手。他以极小的幅度转身探看，一名瘦如竹子的男人高高地踩住公会最新发配的活动式圆形地垫滑过来，筋斗云一样；只是他抱着的是琵琶，横卧如吉他。

上街唱歌免不了遇上麻烦事，观众点歌呀，喝倒彩呀，邀合唱呀，可从没见过如此明目张胆来捣蛋。你看！

————————————

① 意为紧跟。

连斗的手表选出来领头给钱的那位花帽小姐，居然也往竹子男投怀送抱！斗几乎提起手腕用投射灯追着她照，可他始终装作视而不见，站着调调弦线，思量还要不要唱下去。

"我们的合唱还可以吧！"竹子男无声无色地踏进斗的地垫，仅以琵琶隔住二人。

他说话比唱歌沉实得多，这样唱下去嗓子很快坏掉。斗在心中痛快地咒他一顿。

"是吗？你有在唱吗？我只听到自己的声音。"斗快要接受不了自己以外的歌手擅闯地垫张牙舞爪。他准备收拾细软，以及竹子男。

"这么厉害？那不是说明我们二声为一，同步无缝？哈哈！可是女歌手的歌我还比你唱得高，吉他吗？太普通了！我这手琵琶倒不同，横竖各有指法，如婴孩般怎抱也哗声震天，远胜你那件！"

把琵琶当作吉他弹奏确实有意思，谁说我不懂把吉他当作琵琶弹个技惊四座？斗居然打算立刻回家试！

"我以独立歌手的身份申请公会的牌照，按会规我不便与人合唱；况且公会不是规定两名表演者之间至少保持二百米的距离吗？你这样混淆观众，不见得有何专业道德。"斗鲜有地认同入会的确保障自己。

"那你在公会划分给你铺垫卖艺的地方以外唱歌，算得上专业吗？"琵琶的弦几乎擦响吉他的线，无声致使散场。

斗的眼睛禁不住瞪大了，哪怕只是少许，足以流露满满惊异。

"我的母亲葬在那里，她报梦给我，投诉你唱歌扰人清梦！"竹子男用劲扫拨琵琶，一下重重的G大调。

原来他们真的在听。

斗说不出话，他从来畏怕别人把家人翻出来，以同情和难为情使人止步。以音代话，斗清脆弹出四个"中、中、上、下"的音，他知道对方懂这暗语。

"后会有期。"吉他说。

音乐无罪，优秀的音乐更是无价。斗不携吉他上山不自在，一于懒理公会非人道的限制，再与亡魂聚首一堂。他在坟场献唱向来顺心得意，要碰鬼怪早就碰上；即使竹子男所言属实，亡母报梦不正是母子重逢互慰的好时机吗？他不该怪我。

斗倚坐坟场的梯级，心定声定唱起来。

"茉莉落在肩上，沙漠夕阳——"不，我该看看哪块墓碑的照片跟竹子男格外相似吗？过去鞠躬道歉，心事可以了吧？可茫茫墓海，逐一比较未免有失尊重，还把小事化大了。与其靠故人，不如找活人，竹子男的私隐，公会准记录无遗。斗嫌自己实在多事。

热线转驳了好几回才找上个活人。

"你好，流动现场演艺人员公会。"

"你好，我是会员编号三七一一七，高八斗。请问公会最近是否发了新牌给一名会员，于露天广场唱歌？"斗自觉听来有点可疑，心居然慌着乱跳。

"哪区的露天广场？"活人发出连串键盘声，准是核实斗的身份。

"顺坡区。"

"三月二十五日发的，即是上周四。他跟你同区，是否有什么影响？"活人好像颇通情达理，一矢中的。

"没什么影响，只是想跟他交个朋友，不知他之前做什么工作？练得一手好琵琶！"

"他？交朋友？要不是他故弄玄虚把琵琶横的直的弹一通，博得考官批个机会，我们谁愿收揽如此怪气的家伙？坦白说，你不是真的沾了他的什么嘛？恕我要挂线——"

"呀没什么！没什么！你们为何如此厌恶他？"斗指力全发，抓紧电话线追问。

"他当了坟场管理员近十年了！上来面试老是恍恍惚惚的，说不定考官怕得罪他和一班'老友'，才批他牌照打发他……你好自为之，快填表格申请转换场地吧！"通话续不上，斗的心头大石却放下来。人总是害怕没有什么可怕的事情。

始终没有尝试把吉他竖起来玩弄一番，吉他竖起来？成何体统！音乐可不是闹着玩，拿乐器耍杂技实在有辱手工师傅、维修技师、零件配备店、乐手和观众！吉他？横放才像样！

谁说？谁说？

这晚斗直站了三个多小时，腿也麻了但喉头还是静如止水，顶多咽着口水解闷压慌。别说凑够五人开骚，即使手表坏掉，斗也得承认其观众区空无一人！谁说玩乐器得按章？仅仅二百米外的竹子男又飙高音又躺琵琶，谁也大开眼界争着听争着跳！竞争是残酷，偷师抄袭更可换来压倒性的胜利。

谁明谁暗，斗驻在光辉不再的地垫上，霎时毫无头绪。

不站不站还得站，斗就是无法垂头丧气败走离场。站正等候观众是他应分的事，不能儿戏。对手那边够尽兴了，亢奋的脚步声和掌声从露天广场交叉散去；按礼仪，竹子男免不了亲自问候惨败的敌手。

"没有把吉他竖起玩玩吗？要不拿我的琵琶弹你的曲？"竹子男把盛满赏钱的超级市场手推车滚过来，嚣张的人用嚣张的东西。

"我的曲不用我来弹，你也懂不是吗？三年来你偷了我这么多，成绩算不错。"一干二净的捞鱼网，一拂便是空气。

"凭我演绎出来的根本与你是两回事，哪算是偷？谁叫你故步自封不贴潮流！街头卖艺这回事，还是由我接棒对得多。"风度这表面功夫，竹子男从不缺；推车转身前，他在琵琶上响了一对叠音——

"XX。"

斗实在讨厌琵琶。

不消一个月，斗已收复失地，尽管那只是淡薄的打赏——全赖竹子男越级考获荣誉级别的繁华地段，跟斗这旧街坊分道扬镳。

贵为行内的龙头，赏给公会的年费也可观得多，一年一度的"最有价值流动现场演艺人员金奖"，竹子男领得风骚。

坟场管理员？有这种职业吗？鬼管不住的！

锲而不舍让人心累，斗打从初遇竹子男的那夜起，已深知自己不是争胜的材料；那种争胜不讲实力，却取决于你对自尊和忠诚的否定有多大。斗的自尊不屑跟小人撕破脸，忠诚亦捍卫他对吉他的坚持，所以，他争输了。

　　坟场不留胜负，斗喜欢这点。遥望顶排的石碑，不正是有颗金光晃着向他打暗号吗？难得有知音，斗当然爬得雀跃。

　　"廖琵琶，亡于二〇〇六年。"

　　十年了，眼前的铸金奖座不负青春，她跟竹子男一样瘦。

　　呀，那叠音是"谢谢"，斗终于听懂琵琶。

容身

手提行李随笨拙的乘客纵纵横横游绳至座位上方，难忍腰缠绳扣的摇曳，一时意气松绑，把屁股锤在椅子上；抬头败看那赤纹布袋还悬在绳端，进退失据。微倾的机舱累及痴肥的曲发女孩一溜不止，冲力刚巧推送前方用力提腿的高个子至机尾的洗手间，焉知非福？

毫无走廊通道的机舱让淮跟其他服务员练成能屈能伸的腰力，勤力①的好像还赚得提臀效果。淮倒分外喜欢派餐时省下的体力，光沿绳轨把点餐寄吊至乘客头上，如逃生时散落的氧气罩，给他们狼吞虎咽一顿，卑躬问猪问牛全免。

除了正副机师，淮是仅有的广播男声，顺势包办多声道例行广播。

"机上现尚余少量至尊特宽座位，乘客只要加付两千

---

① 粤语，勤勉、勤快。

零六十六当珠，双臂双腿即可多享足以轻度抽搐的延伸空间；唯与邻座触碰与否，则视乎乘客的体格和自律实况而论。有兴趣的乘客欢迎联络机舱服务员，多谢。"

特宽座无人问津，淮见怪不怪。绝非花不起钱——多少乘客伺准大小机会于人前耀金扬银——只是团缩于密不透风的百人座阵中，似乎早成各位自愿的安分。动不动便舒展筋骨？瞧得起你才怪。淮每每旁观这耐力赛也不忘幸灾乐祸，那点介乎失职与自娱之间的邪恶快感，间接妨碍他逼问，自己何尝不是同坐机上？

又是时候动身调停事端了！提臀有益！

"小姐，有什么需要吗？"淮丝毫不偏，停在"夹竹桃行八号"上方，满有救危的架子，还一心二用俯瞰小姐胸前的风光。

"九号这位先生，不停地把杂志翻来覆去，揭起的风都把我的饭菜吹凉了！我真没办法！"小姐看起来脸色脾气胃口一样差。

"那这位先生——"

"你别恶人先告状！是你这碟咖喱快要熏得我全身发痒，我才婉转地扇起风来自保，多为难！不信你嗅嗅我的外套！"先生牵一发动全身，几乎把咖喱碰翻，果然容不下轻度抽搐。

虽然恪守自愿的安分，但气还是要偶尔出一点，好让自己有话说、旁人有戏看、时辰有路走；不外乎牢骚一场，淮胸有成竹，臀部大可松懈。

"这样吧，小姐，不介意的话我可代劳翻热饭菜。至于先生也请别嫌弃，待会儿让我送上无色无味除臭丸和口罩。若下机前仍感不适，可安排衣物干洗和医护服务，望两位贵客见谅。"淮稍稍滑前至八号与九号之间，"之间"的标准很难掌握，技术眼光不灵即随小姐的丰胸背负相同罪名——偏心。

"麻烦你弄得愈热愈香愈好，咖喱万岁！"身体僵困在座位仍难得提气震声，谁说活力靠形体？

"谢谢你。"先生笃信好男不与女斗，况且仰头观望，淮如天使下凡的"神迹"着实慰人省心。

顺绳掠过人海，淮以为可安乐回岗，谁知无常的气流总要耍乐一趟，害得淮如初踏树枝的嫩猴半坠半拖；乏点专业的话，鞋底早给乘客按摩头肩颈，谁又在座上幸灾乐祸？

下机一个四轮小型硬皮箱，利落如穿梭法庭的大状，粗糙一点则与菜市场的家庭买手一个样。淮不急于回家，反正来日连假慢慢耗，时差又着他只吃不睡，可只吃一事已毫不纯粹——餐厅的企位和座位皆满不说，连围观各企位各座位的"势力人士"也潜渗无缝，像保镖，更像胁持者，贴近食客警醒他们知难而退。淮自问属逆境求存的高手，寡汉易办事；他懒理座位问题，故意先买餐——当然是特价的企位餐——然后佯作狼狈失措、双手无暇，周旋于目标企位一带。

不，你不应打量谁吃剩得少，倒是谁边吃边张望四周乱况才有良心。淮这上策果然奏效，借故倚近一名同病相怜的中年汉，那人才动手吃不久，竟不忘笨手笨脚把餐盘直放，腾空那块小地方让淮如愿以偿。二人并肩——请相信简直是挤肩的亲密——埋头吃，窃享适者生存的胜利。

只是一个各不相干的单位的一个套房，有床有厕，生活不愁。床是吊床，淮狡辩躺在气流之上才能入睡，随他说。淋浴的热水擅作主张释放皮肤和肌肉的绷紧，可淮不许，怕一舒服起来便全然洞悉自己实在是如何的累，挨着把心灌实倒还对自己慈悲，水费也划算。房里椅子一张，没靠背，光是坐下来的姿势和动机也快要陌生得令淮多多防范这椅子，怕有邪气。这也难怪，随便十多个小时长途航线，不是曲身游绳便是站岗候命，又坐下又起来这类徒然不智的强迫性动作，淮决看不上眼。累便直接躺，折中入梦，座位这样奢侈，他自认无福消受。

虽然正职已卖命给世上最磨人的交通工具，但难得假日，淮岂会单为免却奔波之苦而牺牲外出平享公共空间的权利呢？不惜一切也要出门！巴士企位半价，注定让淮这铁腿命占优，可吃得苦的大有人在，席上无人车上站人的矛盾奇观心照不宣。淮心甘情愿地站，可惯于畅游云海的他着实受不了陆路交通的通病——堵车！下一站近在眼前，破门下车徒步还比呆困于车海中踏实了当！

车让生活快了？让腿麻了。

迟到是城市中避不了的劫，淮和戚于商场入口相视而笑，谁不怪谁。顺着人龙晃了几乎十多分钟才候至升降机①前，两名男生不瘦不矮，格外遭升降机内近乎偷渡难民的乘客嫌弃；手还要严格规管，稍有意外谁摩擦谁，女的男的说不清。千辛万苦熬一回，到头来还是为了站一场——溜冰。溜冰场上人重人，痕重痕，热闹得快要崩塌的样子，让淮和戚蛮有愚忠的战斗力。

"假日嘛。"戚比谁更有先见之明。

"谁怕谁？上场后便是王！"淮的腿比谁更蓄势待发。

_____

① 即电梯。

若溜冰原比步行快，那场上这堆举步维艰的呆子，该不会通通初学吧？淮正瞄准前方沿边界的那道隙间进发，哪里却来一对情侣，你前我后偷霸了线路，简直人墙如胡同，既活且死！一不留神，面前的一家三口早已减速，整个"凹"字伺候淮扑过去。他刹那扭截脚腕，贴着家庭的背止步。

"你这边如何？"戚不知被什么引力送至后方。

"时速近乎零！"淮靠边等，却不甘老被旁人嫌挡路。

"碎步碎步溜吧，根本快不来！"戚还是停滞不前，似乎他的见解更让身边的放心慢下来。

欲速不达的想法实在跟溜冰背道而驰，运动沦为劳碌，淮可不放心上；反正假日不就是随便为些什么费力耗时你推我撞吗？多平等多充实，生命力的切磋！纵使稍为疲于瞻前顾后，但淮的心理跟冰鞋的刀片一样平衡。

商场愈见以人为本的贴心。每间商店的门前皆设数字板，数字板实时显示店内的准确人数，高峰变红色——不知是警戒还是祝贺的象征——方便游人评估商店的拥挤程度，以至热门指数、逛街策略均有据可依。较垃圾箱和心脏电击器还要多的，当然是免费无线通话器，连耳筒；淮和戚顺手捡来一对，声音听起来虽然不免混杂，但绝对较于人群中阔啼干喊来得容易。于是，二人并行，无线连接。

这趟短途不到四小时，机上照例有小男孩难忍需要，干脆于绳阵上撒尿人前，结果又引发他人到洗手间的需要；"百合行"某位分外怕冷，悬降毛毯一张，却惹来数双手抓取温暖，淮只好宁滥勿缺做好心。

下机又是一个四轮小型硬皮箱，可这异地的布局真是让淮无法自在潇洒。虽说异地——淮称它为"他乡"了事——这已是第三次抵访，公司新航点，不得不来。以为避开下班时间——淮草草假设这为下午五时后，很合理？——谁知这街那巷的咖啡室早已人山人海，但不吵；淮分身不来，只好专心在一间等。这间看上去颇乐观，不少二人座只占一席，不搭过去还成理？淮刚向侍应打手势，人却已站到一张二人台的空椅前，拉开坐下。对面的淑女含着茶匙，以静制动。

"先生，不好意思，现时未有座位，烦请在外稍等。"侍应迟来救驾，望淑女恕罪，更望眼前这天外来客早去不回。

淮听懂侍应的意思，可不接受；换言之，这里的座位非指实物，乃顾客偏好谁坐多少人坐如此自主任性的意思？都说我这铁腿命跟坐这回事没缘，难得见识咖啡室这空让时辰流淌的魔地，难得付得起非企位——这是没选择下逞强——难得连搭台也不用争！他乡果然是他乡，是他们的不是我的。淮站起，委屈跟不愤差不多。

　　公园这类户外地方，该不会立存什么不人道的潜规则吧？可淮这回真不争气，竟被如此没遮没拦的青葱弄得失魂落魄，俨如久居兽笼的动物重返大自然，彷徨不安！头顶没盖，太阳和风实在肆虐得离谱；四周尽缺汗味支吾脚步，明明有路却像迷路。眼睛！眼睛格外抗拒放远的视线，仿佛只懂向近物对焦。他乡呀他乡，何不放过我？只是路过借宿两晚，哪里才可让我站得磊落、坐得无愧？

　　那边长椅三张，其一无人，附近也不见谁朝向那方夺位。淮鼓起勇气，挟带犯罪和无耻的感觉，奋力故装自然的神气，流畅示范从站到坐的连串肢力协调。

　　坐下，坐下了。一切仍然安静，可这片静，何尝不又是令淮自惭形秽的神圣之声？虽来之，不安之！淮正想瞄向邻座寻求启示，看清才大惊，一名头顶草帽的柔弱男生既望纸又窥树，写生何其自讨没趣！近一点的这位妇人瞭望着什么咀嚼，仿佛口中的是云而不是手上的三文治。

　　如此欠奉生命力的进餐体验，恐怕离不开孤僻症之类的隐患。难道这公园是供给病人疗养复健之用？门牌怎么没有写？淮自知身陷险境，可这种格格不入的直觉正正说明他别于病人，身心健全。他燃起自信，幸运儿般脱离呆席，不妨让男生把他画进去。

坐立不安的闷局下，淮只好乱逛。陌生的市貌老害他左顾右盼，诸多防备，费神又徒劳；前面难得透露像人类应该做的事——购物，淮奢抱疑真的归属感，雀跃地打探那个墟。

露天杂货旧书市集，寥寥数人，没有数字板报告不出奇，奇在光逛不买也得先付入场费。虚张声势还不是用来补贴生意额？淮不甘上当，但想起尚欠戚上月的生日礼物，便睁大雪亮的眼睛巡至入口，姑且看看葫芦里卖什么药。

连锁名牌无踪不说，连落后潮流两三季的衣饰还居然厚颜献世，果然是骗局。小姐捧着发霉附锈的丝绒小盒，张合张合能看出什么端倪吗？怕是内定的戏子引我上钓吧！老翁把书翻得跟脸皮一样皱，站着能专心看书吗？逛街可有心情看书？通通造作得要命！他乡的人要么坐着呆，要么站着迷，连购物也如此不发达，公司这新航点恐怕押错注。

毕竟有礼，淮打消上前问候小姐老翁的念头，免得连搭讪也跟搭台沦为罪。两手空空荡向出口，保安员竟硬着不开闸！

"我的票在这儿。"瞧不起我这种白混一趟的游人吗？真势利！

"还不是时候，欢迎多逛数圈。"保安员朝市集拨撩数圈，丝毫没有开闸的意思。

不买不放？这禁锢来得明目张胆！

"我逛完了，没有看中什么，你——"

"不打紧，入场票包含最低消磨时数半小时，鼓励客人于市集多浸淫、多交流，确保市集对得起客人入场的恩德，让这里成为客人安身遣兴之地。不买东西不成问题，人在自然乐趣在，随便看。"花言巧语还不只是盲从规定的另一戏子！吃喝玩乐不求快哪成生意？

"还要多待几分钟？"淮省得看表。

"现在已快过二十三分钟了，先生何不——"

"我站在这里等，我的腿可没什么闲力找乐趣。"

闸前二人干着急，保安员抱歉为难了客人，更抱歉这里让人生厌。

四轮小型硬皮箱刹停及时，多得大门前确凿张贴了房东女士的警告：

"波宽明考。"

抱起硬皮箱，如履薄冰穿越大厅。始终房东小太子——波宽——考试大过天，合格与否跟套房租金直接挂钩。似乎其他房户也尽给波宽面子，动静绝耳，只求平安度夜，分数听天由命。硬皮箱释放臭衣脏物的异味，套房欠窗，淮索性当是自己放的屁——永远不臭。吊床的倾侧随他的蠕动忽暗忽明，没办法，身子不动，温习不成。没错，淮跟波宽一样正在备考，前者应付的是晋升试，页页笔记满床铺；那老翁站着看书怪，现躺床上专心不来更怪！没有邻房小姐的高跟鞋声，没有偏厅谁扭开的收音机南无，长期欠租的青年也没向电话骂妈妈，此夜难熬！淮一翻身便把笔记压坏，谁知何人斗胆响起曲乐吓破房子！且看哪户准要挨贵租。

清白还是有点心虚，淮打开房门，不见房东女士捉犯，反而从可歌可泣的歌剧声中，捕听她和波宽齐欢唱，脱拍又掉音。眼角一闪，房门早有预兆：

"考音乐科。"

小孩简直是淮的榜样，铁腿有感音乐沸腾，一跃倒吊在床底纹部，反复演练乘客须知的逃生指引；房东母子恰如求救的哀嚎，更为练习增添现场感，是夜获益。

影子备份

电视遥控器的倒带键和停播键近日有点不灵光，可能跟它们掉了色有关。杏把发汗的拇指盖在停播键上，画面一到便反应过来。影带放映着下午二时十九分三十六……三十七秒的屋子情况：家具照理地动也不动，打开的消费杂志像分界的头发，服从地躺在地上让秋风掀抚着；杏在沙发上抱起其中一本，纯熟地翻到那特殊的一页，挥挥剪刀，把现金券削下。

停。

杏及时凝住画面，放大四倍——原来她用剪刀时尾指独个儿往外拉，一条不协调的神经。杏放下遥控器，伸张右手的五指，多么卑微和无用的尾指呀，难怪你也偶尔争取抢镜的机会。

继续播放。

杏如追看人气剧集般，每天晚饭后在电视前回顾当日的所作所为。为什么我从睡床或椅子或沙发站起来时，背总是驼得如此夸张？洗手经常忘了添肥皂，忘了只是懒了的修饰词。不是已吩咐发型师别把颈后的发末剪碎吗？从什么角度看这也碎得无可救药吧！已经用了紧致膏四个月，可炒菜时手臂的肥肉还是荡得吓人，连吮嚼排骨时狰狞的脸蛋也无所遁形，几乎不愿承认这就是自己。

　　不论美丑，杏每夜与男录友互相传送彼此的录像，从不删剪编辑，是他们恋爱八个月来唯一的接触途径。他们不是异地恋，不，他们是否异地恋也不得而知，因为彼此的地址是私隐，互相公开的却是每天生活的赤裸记录。

　　这种恋爱方式近年大行其道，即使录友身份不明，只要愿意交换每天的生活录像，便一拍即合。除了省下约会的时间和消费，谈天吵架的气力亦免；以"无微不至"的声画相伴，乏味的长夜足以被领进他人有血有肉的世界，何来孤单？可为了营造一对一的专属录友关系，同一时期，录友以外不得再有任何录友，否则将被实时列入黑名单，三个月内不得结识新录友。

　　杏称她的男录友为"毛"，因为除了头发和须根，杏放大多少倍也找不到他身上一条毛。这夜，毛传来的录像是他用遥控摄影机拍下的，因为外出，所以须靠迷你飞机

影
子
备
份

般的镜头，于眼前飞来飞去，关顾八方。随摇晃的画面，杏被带到翠绿山峦中的一个湖，又钓鱼？杏没趣地稍稍按下两倍快进键，四倍吧，毛果然动也不动坐在湖边，只是偶尔极速站身，看上去应该是喝饮料，然后又极速坐下。反正画面秒秒如是，杏干脆关掉毛的世界，也不管他会否献上惊喜的上钓一刻。

秋季是杏赚取佣金的好时机，皮肤容易干燥敏感，谁不争先到美容专柜物色装备买个够？难得公司去年参加了录友友善计划，杏当然与遥控摄影机并肩作战，边落力向小姐太太推销王牌产品，边让蛮缠苍蝇般的镜头直击苦干现场。

"你也有录友吗？"颈系斑马纹丝巾的墨镜太太让杏于她的手背上，揉开珍珠蛇血精华素，淡茶色的镜片透露她追踪遥控镜头的目光。

"玩玩而已，算是有个伴。"杏灵敏地调调手表的外环，镜头总算驶开了一点，可她的表面全是黏黏滑滑。

"哎哟！我的冥王号啊！上周才空运过来，谁敢击落我这新宠？看它都坠个粉身碎骨了！谁赔我新的？"贴在杏身后的草帽孖辫小姐自言自语地吵闹起来，脚旁是一堆折翼和零件。

糟糕！杏正想再转动表环时，被孖辫小姐逮住。

"你这手想干什么？是你这只黄色大机碰跌我的冥王号吧！看这边只有它还在"嗡嗡"地飞着，别要我翻看影带才承认！"

"十分抱歉，小姐，刚才恐怕是我一时走神，误把我的那部擦向你的那部，当时我正……"

"我看是修不好了，全新一部赔九千吧！"

杏的手汗澎湃地混合珍珠蛇血精华素，涌出来的异味几乎把店里所有人驱开，只待她一声答允，把他们拉回来继续交易。

一波求助的眼神射向柜台经理，对方回个点头。

"好吧，对不起，请跟我到二楼的柜员机取钱。"黄色大机依然尽忠职守，躲在两位身后一飞冲天，冲上二楼。

破财的一天当然不堪回首，但如此富戏剧性的一集毕竟难得，杏握紧遥控器，刚过的一天又活现眼前。

事发时间约为下午一时四十三分。

对呀，午饭时候小姐太太爱抽空逛店。杏由此按下慢播键，好像期待什么发生似的。墨镜太太头顶原来那么多小白发，看她皮肤倒没太衰老，身体真矛盾。她对我的笑容明明颇受落，为何就是有点不耐烦，老是交替左右脚的重心？杏盯着珍珠蛇血精华素在手背上散发的嫩光，可恨卖不成那瓶。

停！再前一点，这儿！

一时四十九分——这不是冥王号吗？是它没电才自杀式地一口气坠向地面！很清楚吧不信即管再看一遍。

杏错手按下快进键，慌得以为真相瞬间被毁灭，乱了半天才调回冥王号那幕。我的镜头从来都离开那九千元号，怎会撞毁它？它的附近领空毫无一物，无故自毁，怪我？杏怒气冲冲地播放余下片段，恐防再有实情。你看状况一起，经理即退到柜台，还装忙碌弄订书机，人性呀！

哇！放大放大！孖辫小姐的胸口原来塞着一、二……三块厚垫！果然身材如人品一样假！九千，我非要你还我不可！

经理又缩在柜台弄订书机，纵然杏对她的正义感深深存疑，但她始终是杏的直属上司，绕过她申诉未免违反规则。杏一言不发走到柜台，用电线把黄色大机接驳到主画面是经理与幼子合照的公用计算机，一击即中时间轴的一时四十九分。

不知是否一反常态的沉默还是冥王号坠毁的真相来得突然，经理看见镜头拍到她在柜台低头装忙碌的那段时，哎呀！白台面添上几滴晶莹的鲜血——她的食指上钉了。杏立刻跑进仓库找急救箱，剩经理一人在柜台抖着手，如被蛇咬，管不来还在屏幕里落力演出的各位。

虽然杏疗伤有功，但经理满合理的口吻，直言九千元的赔偿属杏与对方的共同决定，且那位小姐非公司品牌的会员，无从联络追究。即使报警，恐怕公司也会因杏闹大事件而有所动作。总之，息事宁人。杏把黄色大机放飞，才发现今天店内的空域异常冷清，黄色大机独霸千里。这是录友友善计划的下场吗？

再看下去实在自虐，杏鬼祟地按下快进键，让没趣的一天草草略过；倒特别期待毛待会儿传来的录像，他应该识趣送我一些甜蜜的惊喜吧。杏不停更新录友软件的档案，按来按去都不见"毛传档"……急坏了，快点吧，电视没画面我可熬不过呢！"当"！那是多么喜慰的音效，杏立时把毛的新录像传至电视，半秒也不蹉跎。

已经开始播放了，怎么还是黑漆漆？

杏认为应该要按个键弄清楚，可手指就是拿不定主意。突然，一根正在融化的蜡烛亮在镜头前，比例大得仿佛连电视也热起来；这时，毛没有眉毛的大圆脸慢慢从大蜡烛后升起，诡异得使杏禁不住马上停播。这又糟了，无眉的双瞳夹住锐毒的烛光，定定地直视杏，吓得她唯有继续播放。

原来毛跟镜头来了一场马拉松式的烛光全餐，早午晚不停煮不停吃不停煮不停吃，心思虽独到，画面却灵异得很，甚至当杏听到毛凑近镜头问："你要过来跟我一起吃吗？"客厅简直飘起寒雾来——快进键吧，八倍，别无他选。

已经连续六天，各大报章头条千篇一律："录友软件公司于发布会中宣布，实时加推'推荐前度录友'键。凡获推荐的录友成功与新录友配对，推荐者即可尊享一个月特速传送录像服务，省时收发高质画面。"

既然是前度，还有什么好推荐？杏一边默念最新研发的沙漠水井百年精露的五大功效，预备随时被经理考问，一边思疑那数位前度录友，会否为了小恩小惠而不要脸地按下推荐键？

说起前度，杏跟毛已分手三天了，是杏提出的。

这也难怪，杏的生活本已没趣没运，回家收到另一半的日常点滴，却是非闷则恐，这样的伴不要也罢。于是，杏于传给毛的最后一段录像中，向镜头脱下深蓝花边内裤，然后把内裤盖住镜头，关机三秒。这是录友软件设定的分手仪式，谁也一看便懂，一看便分。

即使暂时单身，杏仍全天候活于镜头下，算是为每天晚饭后留点娱乐，反正录友软件免费提供无限储存量，多拍没害；甚至杏偶尔忘了那条闪片透视围巾放在哪儿，只要粗略翻看数天前的录像，便一目了然。

来到假日，当然窝在家重看昔日录像。杏喜欢随意抽看任何貌似平凡的一天，因为当日的平凡可能是今天的瑰宝。她轻按去年八月二十三日的档案键，遥控在手，电视在前，她兴奋得恍似从没历过去年八月二十三日。

画面一现，啊！是这天！暑假特惠周的最后一天，她当然记得——

黄色大机从空中拍摄，小姐太太珠光宝气的手猛然于货架上舞来舞去，像遇溺时争夺救生圈般，眼霜面膜唇彩全都几乎淹死她们。我在哪儿？杏放慢观战速度，那个……那个右下方戴闪银头绳的……啊！我正从仓库搬出每天限售一百粒的缩胃丸！你看你看，箱还未开她们已向我压下来……停！原来是那只戴金指环的舞爪刮过来，害我右眼的微血管爆裂，红了数天！

愈残忍愈要看。

杏这刻按停画面，无从反抗的她差点倒在柜台旁一沉不起，任由素未谋面的失控的尊贵的权重的一班撕抓吼喝，横行无忌。那个身影是我吗？我曾经容许自己承受这些吗？那天我是如何下班、回家、吃下饭？与其痛斥那班淑女残忍，不如承认自己残忍，熬不来还默不发声，肆意让身体耗下去，甚至关掉所有感官。

黄色大机候在客厅的升降坪，准备起飞随行，直击沙漠水井百年精露的试用装换购日。杏巧手地把高跟鞋的白色幼带穿过小金扣后，没有洗手便按下手表罗马数字"Ⅲ"旁的黑色按钮。这时，黄色大机的引擎照理应隆隆作响，怎么它却像听了一个烂笑话般，木无反应？

杏连忙抱起大机检查，没电？不会吧，整晚插上充电器，又准时缴电费……啊，懂了，杏丧气地拨开沙发下缠绵的电线群，追溯至插座，果然忘了按好开关，大好的一晚错过了，黄色大机只好继续昏迷。

那怎么办？那时为了省钱没买后备电，若手持镜头整天自我拍摄恐怕太累太落伍吧。不如干脆向经理告假？找死，今天可是井水换购日……只是一天，一天应该熬得过。烦躁的高跟鞋"嗒嗒"地围着升降坪转了数圈，快迟到了！杏心乱如麻，孤身离开住所，感觉明知做了一个极错的决定，但还是回不了头。

街上五花八门的遥控镜头高高低低地紧贴主人的动

静，像一群迷你的护航战机。杏低着头混入其中，竭力摆脱例外带来的不安和自卑。总有些人跟我一样，因各种不测的原因而暂失镜头……不，暂失一天半晚的记录吧。杏委屈地放弃活好这一天，即管无形地挤进人群的影子里，充当他人镜头下必需的配角。

身体的习惯始终一时难改，杏老是用手护着手表的外环，痒得似乎非要调校它一下不可，眼角又禁不住经常瞄向上方，浑身神经像断了一截，意识畅运不来。只要逃到店内专心工作，时间便能如快进键般飞逝，还是别多想。

杏步入直达美容专柜楼层的升降机，狠命地拍按关门键——快！快！快！可门隙简直像跟她斗气，迟迟不肯收窄，终于引狼入室，两名邻店的金牌售货员与头上的遥控镜头同步加速，高傲地闯进升降机。

三个人，两部遥控大机。

杏摆出售货员式的虚伪笑容，光点头，不问好，怕对话一开便提到她今天异于他人的地方。售货员果然见微知著，两位金牌一看杏的上方冷清清，便暗交眼色，从蹊跷中自得其乐，连杏也仿佛感到金牌们的镜头正不知不觉转向她，甚至倒数发炮。

三！二！一！开门！

杏抢先逃离战场，但不忘保持高跟鞋塑造的婀娜步姿，毕竟她的一举一动必将成为金牌们晚饭后的无敌娱乐，放大八倍。

一进店，杏即奔向柜台后的大壁镜。

影像很真实——假睫毛贴得稳，眉毛梳得顺，眼影由浅变深，鼻毛没外露，唇油够闪……所有都还在。

我一直是这个样子存在着，只有看到自己，我才在。我整个人现在……

"别告诉我你今天没带那黄色大机上班吧，偏偏今天？"经理大摇大摆地把杏从柜台逼出来，附近添了一部镶满闪石的遥控机，吊着经理与幼子的合照飘来飘去。

杏看见经理的背影加入镜中，一切都在真实地发生，今天的每刻可全都记得？

"它没电，今天不来了。"不知为何杏很怕经理再开口，便会问井水抗皱的那种纤维脂细胞的名字和它的分裂过程。

"怎样看你今天还真欠点幸运儿的气色呀！知道吗？公司为了进一步推动录友友善计划，凡今天带同遥控镜头上班的员工，即获额外三天有薪假期！儿子常嚷着要来一趟长途旅行，这次应不会令他失望吧……"

"恭喜你，经理。我先到货仓打点一下。"杏的身影从壁镜的右方活活地消失，她庆幸如此倒霉的一天没被记录存盘。

幸好店内镜面不缺，让杏稍稍安心。人潮分批渗入，按会员机制的不同级别向店内四角进攻；杏负责驻守门口，应付只问不买的非会员——或者其实只是端庄地站好，好让别人识别她正在当值。

光是上午已清掉试用装的四分三存货，反应较预期积极，害得经理连忙致电总店，即日添运三箱过来。午饭后，杏转守店内的黄钻级会员专区，为小姐太太逐一化验基因，以配对合适的井水型号。正当全场女士"渴"得快要死去活来之际，门口迎来唯一的男人。唯一的男人被唯一戴绒帽的女人领进，全场女性仿佛突然"止渴"了，一片静，连杏也被肃静止住手上的功夫；先瞄一下台上的圆镜，再抬头。

"我非要你还我不可！"这句话响彻杏的脑袋。

原来草帽小姐换上绒帽，孖辫依旧，还居然厚颜再临，仗着有男人便漠视小姐太太的人龙，一鼓作气朝杏逼近。

近一点，杏才知不妙——男人没眉，这长相不是毛是谁？

杏一时理解不来这两个不相干的脸孔为何凑在一起，

女的欠我九千，男的看过我全裸炒菜；我的双眼现在真真实实地看到他们，只是毛真人较上镜宽厚，那份壮健的老实为何没在录像中散发出来？

前度录友现身，还真是虚拟与现实的恶作剧。

"你认得我吗？那倒不用说吧，赔这么大笔钱，我化了灰你也当然牢牢记住，对吗？"孖辫小姐倚着黄钻级会员专区队头的指示牌，向杏问好。

"你好……小姐，有什么需要帮忙吗？若要换购井水的……不，即是我们新出的沙漠水井百年精露，烦请到……"

"不必了。最近我才荣升为你们最高级别的会员，是电钻级对吗？试用装这小玩意儿我早收到了，免排队！"孖辫小姐放声扬开消息，人龙的脸忽然老了数岁，又愁又嫉。她松开毛的臂弯，从手袋掏出一叠满是折痕的纸币。

"九千，无多无少。我的男友，啊，即是他，不必介绍吧……我的男友给我看过那天的录像，小误会，你数数吧。"

九千，你非要这样还我不可吗？与其数银纸①，不如

———————

① 粤语，钱，纸币。

直视孖辫小姐，不，与其望她，不如看真毛的脸、毛的一身，是否那个一身无毛的毛？黄色大机在哪儿？为何不替我拍下这一切？现在教我如何看清？

"不必数了，这样就好。如有任何需要，烦请向其他职员查询，我这里只负责黄钻级会员，谢谢。"杏把那堆银纸如废纸般堵住裙袋，隐隐感到毛正看透裙底的风光。

"辛苦你了，还要在这里干半天。那我先和男友吃一顿甜点吧，再见！"女的手又放回男的臂弯，男的谁也不看，瞄准门口沉沉稳稳地步去。

明知晚饭后没娱乐，可杏下班后仍归心似箭，仿佛家是唯一的容身之地。晚饭始终没有吃，吃不下，既想翻看今天的所有，又直觉光是回想已惨不忍睹……烦什么？反正根本没有今天的录像。

杏呆头呆脑地查阅录像档，不知按了一连串什么键，电视马上有光。

那不是毛吗？怎么又跳到他钓鱼那段呀？烦不烦呀？又钓鱼？没有更有趣的播给我看吗？

谁知有趣的事发生了——毛终于站起来拉扯鱼竿，跃出水面的银白大眼鱼，尾巴似乎钩着一块纸牌摆来摆去。

什么呀？正当杏准备按下放大键时，毛已雀跃地奔到镜头前，展示狠命挣扎的渔获，尾巴系着的"爱"字猛力向镜头溅水。

毛鲜有地大喊："看到吗？送给你！"

山 下 的 小 丑

　　敬业是毋庸置疑的，至于乐业与否，连他日夜卖弄的笑纹也不足为据。

　　那座举世闻名的山旁边有个湖，那个同样闻名的湖周边酒店林立，是那种不高于五层、古朴典雅的家庭式旅馆。旅馆的命名离不开秀岭峻岩翠湖之类，贴题写实，顾名思义。既然拥护传统，旅馆精制的百年膳餐自然客似云来，历久不衰。最不闻名的要算湖东南方三层高峦峰阁甫入正门即以笑迎合的小丑。伫在油黑三角钢琴的低音键那端，键如一排偶有蛀蚀的牙齿，依赖电源高高低低磨叽起来，多么悦耳的自言自语，用不着匍操心；反而他时时担心，这台合不拢嘴的乐器始终抢他风头，刚抵达的宾客滑开敏感度极高的自动玻璃门后，要不顺理成章朝柜台办理入住手续，要不便是故装惊喜观摩这琴的陈腔滥调，当中尤以小孩和带动小孩兴奋起来的母亲最夸张，简直不输匍粉白尖脸上血红粗犷的唇框搭建的笑容。幸好以黑琴衬托，匋一身哗众取宠的装扮不失专业、不失身份：鲜红阔边帽子罩着削小的脸庞，看不见假发或真发的边缘；任谁的眼睛判别，匋随笑颊绽开的腮纹和眼纹，于白里见斑的粉颜下，是扑不灭的千真万确的衰老痕迹，作假不来。当你看进他的双眼，混浊的黑不够黑白不够白的眼珠，跟附近朝气勃勃梳得挺直的睫毛，构成一则感人的笑话。你不能怪他，如何把一双眼珠，是眼珠，眼皮框内的灵魂，修饰得浓艳有神？电击？眼药水？相信他已经尽力，一副不再发达的骨头架起黄衫红裤连搭肩红裤带，沉重的特大圆头黑皮鞋连拖带踢，绊倒自己的惯招总能惹得小孩哈哈大笑。

半人半小丑是他的作风，与其分分秒秒使劲伸合脸部肌肉，挤出各种莫名其妙的只求抢眼却无从交流的表情，不如多聊数句人话，声调不必装，原声便好，让宾客刹那感到踏实，感到获破例关心了。对表演留有适度的余地，可谓匋无师自通的一着，又或是，精力旺盛的举措对他实在是一大负担；自知之明的驱使下，他还是做回那尊适合自己的小丑。

虽然匋守在旅馆正门的大堂一带，时而倚琴吹口哨，时而踱步好奇柜台前长长的人龙，可他招待宾客起来，跟标准的大堂经理绝对是两套功夫。玻璃大门前后根本时刻派出气宇轩昂的经理兼保安上阵，鞠躬引路有问有答，硬功夫一派，用不着小丑分担。那他呢？他根本是个自由人，随意游荡大堂四周，适时发功，这里正好来了一对年轻情人，向女的下手吧。

"刚来吗？住多少天？"甸缓缓地挡在情侣跟前，右手撑开雪白的手套晃了两下，角度刻意倾向女的。

"两天。"甸记得她羞涩地退了半步，神采飞扬的脸蛋已有半边避到男的臂后了，像月食。

"今晚在这里用餐吗？"小丑向男的摊开左手，没有变出什么。

"是的。"男的跟一般人一样，成年后变得不知怎样应付小丑这个十分需要你给面子的物体，有点为难。

"好，今晚见。"甸又让开，别人不善招架，说明他成功被认定是个异常的个体，小丑正是这样。

他不图什么，他能图什么？顶多指着经过的旅客胸前就绪的相机，招引他们凑过来拍肩合照，偶尔煽动他们做出踢腿的动作，好让过客的摄影集出现这位纯然赠兴的人物；镜头前甸当然夺目，好一幅圆满的构图，可他不曾见过相片中的自己究竟是哪个模样，模样只留在千千万万的相机里，他手中没收过一张。钢琴开始咬牙切齿起来，他特别拜托这段曲，拜托它大锣大鼓吸引瞪大眼睛的儿童，前来他身旁凑凑热闹，顺道欣赏他利落地把一条长形的气球，一折两折三折，扭成肥肥白白的短尾狗，引发孩子对眼前的莫大渴求。对，甸每轮只造一只气球狗，通常选赠最不活跃的那位弱势小孩。小丑就是出人意表，颠覆气氛。

毕竟是旅游区，大堂变得热闹是瞬间的事。熙熙攘攘的人川中夹杂着掏现金的、拉行李的、藏证件的，都是正经事，紧凑和不容出错。他制成的气球狗没有出错，送予那不吭一声的男孩也没对错之分，然而，每当大堂面临人潮高涨的关头，一身不伦不类的他倍感没有立足之处；宾客手忙脚乱追赶行程，你帮不了忙还百无聊赖般堵塞前路？娱宾也得看时候管场面。如今大堂确实容不下他，与其碍眼碍事，不如便利大家，退吧。可小丑的值班时间还生效呢！退，甸通常退到大堂后面的小花园。说花园有点疏忽，因为草和树总较花多，而且一望之下，显然就是绿色一片。花？谁去管，凡踏足这花园的，无不定神眺望前方的广大的湖，和更前方的宏壮的山。说实在，湖得以闻名，也是叨山的光。你看，虽只一座，然宽阔的坡道柔柔地从地平线张抓起来，两边辽辽匀称，不凶不峭；可朝山峰去，坡幅逐渐不客气，千万年的泥石扎扎实实凝于云缕之上，稳健牢牢，让人拜服之余，安慰极了。此时甸看到的，又是黄昏醉人的一幕，朴实的山虽然没有沾上什么花样的光，还都是沉褐混灰，然它浩大的倒影蒙在闪烁的湖面上，湖水都给山影添洒蹦跃生辉的金点，幽默的人还会看得出山崩在湖里，金石滚滚不断，原来是金矿！

红黄裹身的甸，在油油嫩绿中招摇，简直就是这花园最高傲的花。花沿园栏漫步，朝不远处的一对老夫妇移动；花还在值班，得找些人聊聊，只有跟人在一起，花的工作才合格。

"很壮丽啊，对吗？"不知不觉，甸已飘到老妇背后，惊喜万分。

"啊！哈哈！美极了美极了。"老妇半掩着嘴，连连点头，她应该看得出我只小她数年而已。皱纹这回事，上了年纪的谁也敏感。

"是你啊！出来走走吗？"老头子你这下反客为主，问候我了。是劝我一把年纪别在你们面前装傻气吗？这可是我的主场呢！别淡淡然一句拆穿我老来没福享，你羡煞旁人我丢人现眼！

小丑，请快乐起来。

"这时候景色最好看，错过了太可惜。"始终是我的主场，虽然我不是主角，但导赏当然由我来。来吧，求你们当我的贵宾吧。

"这才是我第一次看到呢，真失礼！"老头子你不用话中带刺，我天天工作当然天天看见，要不你试试穿这套孩子服如何？

"地段如此好，要多多光临啊！今晚用餐后有我的魔术表演，来大堂看看吧！"大展身手的机会来了，准要你们刮目相看。

"好，待会儿见。"老头子双手依然收在身后，往前踏，老妇跟随。

从大堂延伸过去，升降机旁那排各具美名的晚膳厢房，老幼男女平平均均坐满长桌的周边，整齐得来每人桌上的空间绰绰有余，放下八小碟六主盘不成问题。各户厢房跟厨房秘道相通，内敛谦虚的服务员按宾客的用膳速度，井然有序从厢房背壁的半扇门，端出由淡至浓、从冷到烫、盛器大小不一却每人均分的焕灿佳肴。服务员每回登场，简略介绍奉上的乃为何物后，便事不关己退席回避，厢房的空间全由宾客掌权，你吃我的我喝你的，碎语笑声敲击花碟瓦碗；壁上无钟，手上没表，谁也不去管这是什么时候。肚皮快胀破了，服务员还来菜？不是连甜点也吃过了吗？

小丑当然在意这是什么时候，八时多了，离表演不到半小时。从大堂那数级如梯田的浅阔阶梯往下走，开放式的大厅不是自助早餐的范围，便是魔术表演的圣地；阵式一变，一行十位的观众席浩荡列队，压迫前方的灰毡大台。台的布置不花巧，光光一幅仿木纹的纸壁，一切押到小丑的造诣。他正躲在纸壁后数算道具的出场次序，修饰机关的开合，伸展筋骨。练习他是不再需要的，这不是练习的好时候，配备充足，登台便成。当然，亲爱的大堂经理，稍后又得拜托你，好好看准我的动作播放特效音乐，你是我的老拍档，我能不相信你吗？

肚满肠肥的宾客迟迟早早入席，带小孩的一般都尽给面子，争霸首两三行；认为魔术——这位小丑的魔术——称不上什么上佳把戏的自恃见过世面的上等客，往往从从容容滑进后半厅的冷凳列，且一臀两席，优越过人。你不必求他们稍移玉步上前来，看个清楚，喊个畅快，反正他们饱得快要睡死的样子，如雷掌声也唤不醒。远近由人。

似乎观众已经就绪，要来的都来了。台侧的大堂经理扶着滚轮式的音效操控台，依旧如早上站得挺直，笑容跟观众同样轻松，拍拍麦克风，晚安欢迎现在开始，甸便从台后露面招手。

很不错的掌声呢！不是吧，居然坐够四分三个厅？果然是旅游旺季，看我吧！甸一转身从背后掏出黑色高帽，对，标准的魔术帽，又在深坠的红裤袋里抽出迷你水瓶，就在大堂经理快要按下"缤纷哗哗"键时，猛然向帽子灌水，还反手往头盖倒！孩子当然"哗哗"起来，可撒下来的全是飘飘彩纸，小丑滴水不沾呢！我知道，这都是意料中事，可是完完整整于眼前呈现，也该自欺欺人求个兴奋吧！甸张开双臂，吸光台下的掌声和欢呼声后，一于再下一城。这回从黄衫的小胸袋夹出一支短如香烟的黑棒，呆呆无辜一挥！竟伸长至比小丑还高的绿棍子！哎哟，经理你慢了！害我惊讶的面容一拖再拖，古怪极了！幸好他们不拘小节，不，是对我没期望的意思？还是他们都没好好留心？我搔头捏腮，想不通小棒为何变成这样之际，这大棍怎么突然猛拉我跑？停啊停啊！太快了别转弯我快给甩下台了！连观众也替我紧张，吓破小胆！我喘着气祈求，谁来搭救？你吧！第一行靠右搂住女孩的母亲，我正向你呼救呢！对，正是你！我都慌忙点头，催得母亲权威一指！恶棍颓然下地！如此大恩大德，连女孩也骄傲起来，向母亲雀跃送吻！我呢？于准时的"最后胜利"音效下，又伸臂鞠躬，昏睡的人好像张眼了。

这里的灯光我嫌太刚烈，照得我浑身发汗，真真切切滚热起来；或许你们看不出，层层白粉下，我的双颊早已通红。绝非害羞，绝非！站台的人岂能害羞？那么，是对于一浪浪参差杂乱的掌声受之有愧吗？坦白说，于我手里变出的花招确属标准中的标准，即是什么？入门的，行内无人不晓的，稍稍看过魔术的也必定看过我现在弄的；可你知道吗？魔术根本没有难易之分，只怕这双手熬不起千篇一律的苦练，始终发花的眼睛对焦不来，表情又赶不上手脚，一塌糊涂！似乎你刚刚看到的还可以？真的还可以吗？我只真真切切感到心脏无比滚烫，啊，是众目睽睽一枝独秀支配气氛的力量！抛一抛，接妥跪地，嗅嗅地毡，一跃！看我左手？鸽子展翅！我连这鸽属真属假也毫无头绪，掌声送我送鸽送明山秀湖送家人密友？我实在管不来。经理！是时候了！"叮叮咚咚""喳喳喳"这夜真热。

热流随欢愉的脚步声卷向升降机，再分流至各门各户，温暖每人的梦。大厅的餐桌默默回归，一片冷清守候明晨的来临。他也该回家了，可不，画个白脸上街，夜深的人不咒骂你才怪；这是他的专业操守——离开表演场地前必好好卸妆。于是，小丑正倚坐在员工休息室的折椅上，仅靠红裤子百宝袋里的单柄小圆镜，把自己抹得一干二净。其实谁有工夫眯眼瞄准那左摇右晃的烂镜？粗粗疏疏的皮肤索性以粗粗疏疏的手法对付，廉价的卸妆液棉花布使劲铲除闷焗①的颜料，即管歇斯底里吧！来还原我没精打采的不堪示人的容貌！鼻侧眉边耳垂眼帘绝不手软，颜料藏通宵准会发痒成灾；可你得刚中带柔，口腔眼珠浅尝化学品必招损伤。一天完了吗？甸拿起镜子检阅自己，苦无血色的薄颊，该怪长年累月沉积下来的白粉，还是新陈代谢的衰退？唇膏他也天天涂，可不见得嘴巴丰润发达了；始终这对眼睛不争气，干巴巴的……他撇下镜子和自己的影像，实在承受不起老是计较以花脸为生的自己和理想中的自己相差多大。理想中的自己？是那个领着老伴逛花园的老头子吗？说不定是那个在后排醉生梦死的观众？他试图找答案，一双巧手四面八方搓揉那至真至诚的轮廓，都老了，老不就是答案吗？

山区交通寥寥，星花灿灿，虽是旅游区，路面网络的

①　粤语，沉闷。

发展始终适可而止。他一身素黑，甘愿于泛泛月色的眷顾下，沿湖逆时针溜去，低声呼吁中央车站的司机别急着开车；山跟湖一幕黑，一幕平卧水面却突然曲直挂天的黑，掀起慷慨大方的掌声。他听到引擎咆哮。

滔滔

　　"咽一口食物，吐十个生字"，餐厅的格言如是。捧场的客人位位训练有素，皙和朋友更是青出于蓝。桌上的吐字计跳升得几乎坏机，她胜券在握；店内只供应冷盘和冷饮，免得说话把热食冷落，口腔和面部肌肉操劳过热倒不妨来一口凉，吃什么其实她不在乎。野菜鱼生沙律和零下五十摄氏度西冷牛筋悄悄回升至室温，皙不察觉；温度和声音，她依赖后者。

　　"我跟他约好出海钓墨鱼，不，是他约我，他在电话中约我，我们每晚睡觉前通电话，我用家居电话，怕手提电话辐射重，难入睡，睡不着我又找他聊，最晚那次聊至四时多，四时多人体的排毒——"

　　"墨鱼喷的汁很黑！一定要穿深色的衣服，但这样会惹蚊子，呀不，这也视乎蚊子的精神状态和你的血型。你从来不捐血所以不清楚自己的血型是吗？中学那时学过从父母的血型推算自己的血型，呀但你没修生物，我修了也忘了，那份试卷的末页——"

"钓墨鱼得用烧过的火柴做饵才见效，虽然有违食物链的原则，但专家声称万试万灵。我这等人懒得动脑，专家说什么我都深信不疑，像今年批我犯太岁，玉兔金蛇放在床头多安心；即使要我跟墨鱼共寝我也照办，好奇专家没解释为何墨鱼不属生肖之一？"

哪段是晢说出来她几乎不晓得，吐字计刚超越七千这挑战线，换来侍应送上咖喱冰粒一客，可醉翁之意不在酒，晢和朋友的声浪于四面楚歌的形势下，显然仍不敌邻桌的酒肉绅士；酒能壮胆又壮声，店主该判他们犯规。

"你听我说！买钢笔要买笔嘴圆的，写字如是，亲吻如是，难道！难道你会亲个嘴尖的女人吗？牙尖嘴利准咬伤你！"

"钢笔亲嘴你在行，可别小看我'领带王子'的眼光！今天你的官司输在哪儿？输在这条间纹领带！法官看文件看了数十载，凡是一行一行的东西准逼发他潜在的抗拒和厌倦；你这领带还要黑白相间，根本和白纸黑字如出一辙！谁判你赢谁不识字！"

结案陈词唱得铿锵，吐字计破了八万顶关，大锣大

滔滔

鼓鸣钟恭贺；可全场食客并没松一口气，你一言我一语快马加鞭，秉持"事无不可对人言"的精神，把餐厅吵个鼎沸，肠胃才能好好运作，皙老早丢弃墨鱼这话题。

店内播放的饶舌歌不比客人畅言慢，歌词跟对话字字穿间重叠，密度远超空气；客人聊得高兴按不住身子，摇曳起来不知顺随哪里来的节奏。墙上的挂画不语，奥妙在于防声频油彩，不然画中雪景老早融掉，四季难如一。皙续话，心跳几乎追不上谈吐，咬碎冰粒尽是咖喱，泥黄的牙齿边发音边咀嚼，思维和肠胃偶尔顾此失彼，她乐此不疲。

关门前吐字计不争气，八万顶关遥不可及，唯有散席后戴上耳机，让电台的清谈节目弥补字数。皙对字数很在意，每天必需摄取一定数量，不论说的听的，像那些不喝咖啡不像人的人。电台主持口才精，邀来的嘉宾说话不说话，他的声音总是长存，好比背景音效，对，皙的耳朵时刻需要背景音效，尤其人声。

"我聊得喉咙有点干，换你来说。"皙贴近话筒，对声音难舍难离，生怕被窝外太静。

"我也没什么要说，那早点睡吧。"他说。

"你多说一点吧，说什么随你喜欢，我不说，但想听你的，你边说我边睡。"被窝下皙的声音格外浓郁，连耳孔也好像扩大了。

"随便说不如不说，说没意思的话多没意思，睡觉倒有意思得多。"

"跟我说话怎会没有意思？我不回应但我会听下去，你有什么要跟我说我都不会打断你，不信的话明早起来接我的电话，我大可把你说的话重复一遍。你开始说吧……"

若恋爱令人盲目，皙的他宁愿聋哑；幸好乱说一通后皙听起来真的睡着了，不然连家居电话的辐射也快要超标。

手上的话筒换成办公桌那台，皙刚拨通今天第六十九个号码。上司欣赏她坚毅不挠。

滔滔

"您好！我是代表积雷福保险公……"

"您好！我是代……"第七十个。

你就是不让我多说数句是吗？随你不听不买不作声，但我还有大段稿子说下去，我想说下去！这样断断续续过瘾不来！不然你把我转驳至语音信箱，我留言也能装得自然，总之不要挂线！我吐字快，你听不出来吗？准不会耽误你很久，那挂线的"哔哔哔"快要吓得我连牙也掉下来！没牙我如何咬字？不咬墨鱼也要咬字过活！

"您好！我是代表积雷福保险公司致电给您的。本公司最近推出——竟然还未挂线？——系列优惠计划，保障您和家人的财富与健康；计划分为五大套餐——还可以说下去？——首先是至尊人寿储——"

"哔哔哔"……

"蓄计划，"实在忍不住口，我要把它读完，"只需年费十六万元，即享无限期公立医院住院服务，以及高达九成的私立医院住院费回赠……"满满九分钟单向发言，同事们无不侧目称奇，晢的声带和耳膜舒服多了。

不知哪个小人告状，让上司翻听晢的那段九分钟独白录音，断言她明知客户挂了线，仍装忙碌自说自话，浪费工作时间和推延下一位客户的订单机会，一次不忠便革除。晢自觉旅游保险那段最精彩。

电视新闻主播的面试不外乎仪容服装读稿子，晢找对了镜头的位置，眼睛稍稍移向镜头的上后方，准备跟投射屏上缓缓滚动的字稿来个了断。

"三、二、一，开始。"

"今晨受到一股东南偏南的秋末初冬季候雪影响来往九号、八十三号和刚完成翻新工程的头号大桥全线无限期封闭导致共二十七宗交……交通……"

"停机。"

"不好意……不好意思……"晢的脑袋忽然像被千吨稿子压得无法动弹，连字里行间溜出来的空气也稀薄得残忍；她正视不了重重字体的屏幕，发声耗力，聆听费神，她求大家放过她。

投向医生和连串测试，说话过敏症走不掉；大概跟胆固醇相像，接触和吸收过量诱发症状，故须戒口，即戒说话，讲多听多超标了，过敏反应层出不穷，没参考可言。医生处方一大包止过敏药和降过敏药尽人事。

耳机和电话不吉利，被窝最安全，却陌生。没有他的声音和自己的声音，原来被窝听起来大得很、深得很，耳朵擦过布面也是大动作，深刻震撼。她想不起这些晚上被窝里藏了二人多少对话，可能一句也没载住。

她依然依赖声音，微微那种。

勉强草草数句向他交代病情，爱情不变，呀不，挂线后他比从前更爱她，爱多了；二人睡得香。

吃药下去不是办法，医生再尽人事转介至治疗班。虽然超龄，但医生只想到这一步。

治疗班治疗谁？听说全是被父母挑剔说话太少太被动的小孩，约三至六岁；治疗师利用游戏鼓励发言，成效见仁见智。班里除了治疗师孜孜不倦地唠叨，偶尔只有零落笑声，皙很久没有砌拼图。

　　"泽泽你刚选了一块红色三角积木，对吗？为什么选这块又是红色又是三角的积木呢？"治疗师殷切地问。

　　皙专心砌拼图，希望减低病发机会。

　　"嘻嘻。"泽泽拿着积木转玩不停，好奇三角毫不锐利，红油漆又盖不住木纹。

　　"泽泽，你先答我'对'或'不对'？"

　　你烦不烦呀？人家小孩玩积木用手不用口，这分明是红色三角你还要问？皙连四个角落的拼图也对调再对调，难道已经发作？

　　"对。"泽泽看来被追问得十分没趣，干脆放下积木加入陀螺战团。

　　你别过来，我想了很久也不知这块放在哪儿。右下角？

　　"敏敏你在画什么？很漂亮啊！"轮到长发女孩了，离皙不远。

　　"嗯？"敏敏抬头眼光光，难以相信治疗师的智商如此低。

　　"让我看看，这是眼睛，这是耳朵，这是尾巴，难道这是猫？你在画猫吗？是还是不是？"

　　"汪汪！"敏敏把画簿揭至新一页，治疗师不退开她不动笔。

干得好，女孩！皙佩服女孩我行我素，像自己，还不知大祸临头。

"这是公主与王子的拼图！共有五十块那么多！看看，皙你砌了多少块？"

皙不作声，她简直无法启动喉头进行如此鸡毛蒜皮的对话；拼图在她手上抖来抖去。

"好像砌了十二块？让我们一起数数看，这里一、二，那边三、四、五——"

一只手挡住治疗师的嘴巴，另一只手却掩不住呕吐来潮的嘴巴；公主与王子被淹得粉身碎骨，好梦难成。

到洗手间处理自己，皙惊觉呕吐原是多难受又多新鲜的体验，几乎有助舒缓病情，把刚才塞进耳朵的全抽出来，畅快，可惜连洗手间也不是避静的地方。

"我真的想坏脑筋了，在家在学校他也很少说话，但不是坏脾气那种；他有表情有礼貌，但总是闭着嘴巴，这样面试多吃亏，多吃亏！虽然治疗师口口声声说他已开朗起来，但只是开朗没用呀，要说话嘛！不说话怎样……你说怎样？"

厕格里的病人几乎又想吐，可在这里吃药多不卫生。

滔滔

从拼图店接了一些砌拼图的工作，一千至一万块不等，可以带回家做。收音机唱碟机全灭声，家里的时间并没特别难过。依时吃药和缺席治疗班尚能稳住病情，果然搁置一下耳朵和声带，连人也轻盈了。从前暴说暴听令神经膨胀得要命，跟暴饮暴食的胖蛋没两样，只是降胆固醇的药物显然有较高的针对性。

饭局一场接一场地婉拒了，听说朋友们最终跟酒肉绅士达成协议，合伙为一队，交易条件不明，肯定的是他们屡战屡胜，连吐字计也得派上四个轮流点算。

八千块的满天星拼图，皙好奇从来抬头，夜空只有一片绝对的漆黑。她捏紧一块流离失所的拼图，顺逆倒转跟盒上的原图对照，沉醉于脑筋纵横扭弹而不发一语的冷静，对，原来她需要冷静，而不是冷盘。

简短告知他这个冒险的决定后，皙吞下比平日多一倍的药丸才苦苦进睡。碍于餐厅分男女比赛，胜出队伍可获"与饶舌歌手边唱边逛一日游"的通行证，朋友们和酒肉绅士破例拆伙参赛——大概私下关系仍然甜蜜——皙当然是走不掉的一员。虽然她决不领那张要命的通行证，但义气似乎凌驾病理。

单边耳朵钻了棉塞，重读门外"咽一口食物，吐十个生字"的牌匾，晢深感劫后重生，却又即将重访鬼门关；
只那么狭小的门隙，十万只沸腾的蜜蜂横冲直撞涌向晢的
过敏神经，连朋友也急急招手着她一起被蜜蜂蜇个痛快。
她本能地摆出一道友谊至上的笑容，入巢。

"那个饶舌歌手我志在必得，听说他的舌环是用他的
乳齿造的！而且能敲响门牙边唱边打拍子！所以说明他从
小已立志当饶舌歌手，我看我的乳齿老早栽进三层芝士汉
堡里牛肉和酸瓜之间的千岛酱，那时我可慌急了，看见汉
堡淌着血——"

朋友不输治疗师。

"我的上司今早才跟我们炫耀，说家里集齐了两位
子女整排完好的乳齿，连根也没有崩！还用玻璃盒子镶
好放在客厅陈列！真担心辞职时要我脱下一只牙齿让她
留念——"

叉子上的千层绵冰蛋糕淌着血，叉子在晢手上……

"晢你的口流血了！你是不是要吐？还是牙肉受不了
冰的东西？晢你看你快要晕倒了！晢！"

"你的鼻也流血了。"晢无力地指向乳齿栽进汉堡的
那位朋友。

"你的眼睛渗出泪水了！"朋友一手鼻血指向另一位

朋友。

"我这不是过敏！是我担心你们才慌得要哭！"

满桌尽是止过敏药，吐字计停在"四七二二"，酒肉绅士吓得弃权离场。

化零

　　住所面积明明大如无疆，可一切以生活为本的设备和装饰，通通瑟缩于靠南的角落，如广阔的舞台上独沾光晕的道具，可疑而迷人。生活以外是生计，腾空潜能无限的余地，阜当然牢牢把寸金跟尺土挂钩，偏安独居事小，租借大厅做活动场地才是单位的主旨。大厅空荡荡、白澄澄，方便按不同主题施红缀绿；骤眼看空间如一，可机关一动，轰隆轰隆的间板沿门轨引进，把领土割个够，一个"弓"字无所遁形。

　　这天"弓"字阵又派上用场。换过套装，草草一份外刚内柔的三文治，阜一步出卧室，便迎来满墙满顶的画作，如百家布般挤凑无缝，恐怕只剩地板为白。他不意外，昨夜迟迟听到策展人和画家于大厅指手画脚，没完没了，展览规模可想而知——场地费用和佣金他也心知肚明、心满意足。

离揭幕吉时不到半小时，阜独自徘徊于这一再焕然一新的大厅，不，此刻分明是艺术迷宫，迷于左门右派的交会，迷于此色彼彩的争艳，定神无门。你如阜一样，很难区别谁的作品在哪儿，哪幅又跟刚才的哪幅格外呼应。这未必全然因为你跟阜同属外行，鉴艺经验浅薄，滔滔画海招架不来；即使是现场频赠名片的画廊经纪、拍卖会常客和杂志记者，有谁曾勒停嘴巴面壁静思？画中的千言万语他们不大在乎，死物终归死寂，当然得乖乖让开一条弓字形的活路，让活人畅达通运。

谁是活人难道你看不出来吗？简直个个皆是！张爱玲虽说："对于不会说话的人，衣服是一种语言，随身带着的袖珍戏剧。"可这里无不口沫横飞，无不打扮得活色生辉，冷酷高贵偏锋性感包罗万有，众志成城演好今天的剧本——逛画展：宜谈笑风生、高攀附和、交朋结友；忌与画独处、辨色赏调。

阜是戏剧的场地负责人，也是观众，难免跟演员闲聊数句，毕竟这里无人能置身事外。

"这盛况算是不错吧，揭幕日果然分外热闹。"滋是策展人之一，前天于茶楼居然硬要请客，让阜不得不暗生疑心。

"还好，最重要是你们生意兴隆，人脉不绝。"阜晃着红酒不敢多喝，自觉双颊温热起来，酒精加上乌烟瘴气的人声，他多想解开领口躺在卧室的大床上！通风系统明明妥善，是那堆嘴巴废话实在太多，还是画作真有灵魂，一直大口大口地呼吸着？

"我们正正看中这里的活动墙壁，大大增添展画面积，连天花也不放过，索性把画全都塞进来，网罗数之不尽的画家！"口还未合，滋已跟身旁的两位演员大打眼色，表情满分。

"这也当然，画在这里是什么？布景而已。乱拼乱砌做个样，好让你们合照时多点色彩，衬得起华衣贵服，对不对？"看画不如看人，眼前那双交叉不定的白滑长腿，阜几乎迎上去邀她过夜。

"所以我经常幻想，办个没有画的画展，只要齐集有意交际的人才，哪里不能谈生意？省得把画寄来送去，挂天挂地，一不留神损了点色，还要跟画家吵半天，不划算！"滋轻拍阜的右肩，大概是暂别的意思，然后捷足先登向长腿问好。阜更信不过他了。

摸黑的环节来了，别多想，长腿可没答允滋什么，只是画展没有噱头哪成？一片惊呼声遏住动静，漆黑让阜更想睡了。醒醒吧！天花近大门的位置刚亮起一个四边形灯框，时快时慢从印象派闪移至人体扫描，又略过山水雪雾，如明灯般指引演员东张西望，顺道快速概览每寸布景。灯框最后停在哪幅？哪幅让崇艺者一窝蜂追及朝拜？滋的拇指一按机关，这里！弓字的首个转角，左排第三行第六……七……第十幅！你还未看清它是什么来头，机关已把它从墙上推掉下来，场面不输新娘抛花球的热闹！谁接得住？那可是画呢，要不掷破你的额头，要不你抓掉它的油彩，争个你死我活还不知这玩意儿究竟属真属假。当然是假的啦，你看那一身素黑长袍的绅士，拼死紧抱那来历不明的画，定神一看才怜惜左半部皱裂不堪，要是真迹他填命也赔不起！都说是布景，装个样虚惊一场，注定的那幅真迹现在方才由保安端出来，准备卖身。

　　于充分的灯光下，阜始终说不出那被名为真迹的，跟那从墙上掉下来的毫厘之别，反正就是一幅红黑鲜明的女性裸体画，细节欠奉，线条粗犷，夸大部分部位的可观性——也许真有其女，阜只恨从来无福消受。买卖这回事他喜欢，可艺术买卖毕竟是个无底深潭，还是先当观众恶补自修。

　　规则是这样的，抢得那幅仿制品的长袍绅士，同时也独得对应的真迹的购买权；他可直接跟画家或其经理人议价，也可向在场人士转售购买权，视乎他有多看得起这幅随机而来的画作。主意还未拿定，谁又管不住指头关灯？阜的嫌疑颇大，看他嗅着红酒自得其乐，观众原是最自然的演员！谁也凑热闹赶紧启动那奸狡的灯框，一轮追名逐利的竞猜游戏沦陷大厅，黑幕里谁也是鬼。停了！那边！抢！

跟画作同居两周，长腿跟艺术气息一并留不住。阜坐在卧室的门前，一边细听下一场活动的特备音响，一边瞭望大厅的虚无——间板全都退藏起来，铺天盖地的哑白虽不刺眼，却没有令你分外心安。你决意站起来，打开拘谨的双臂往前扑，扑那幅画，扑那个人，扑那面墙？扑个空。的确，并没什么落入你的怀里，顶多是无以名状的音符，缠绕你至失去自由，可你不忍关掉音乐，你得靠它来解救，免得面对无物无声之下，仅余的自己。

愈不在行的愈跃跃欲试，艺术如是，男女关系如是。搞淫乱派对吗？阜自知一把年纪，狂野不来，还是先办个极速约会热身。约会的可不是他，而是六名三十至三十九岁的男士，跟六名二十二至三十岁的女士；男的不是行政人员，便是专业人士，当然要求女的要么床事经验丰富，要么守身如玉，总之双方数据早于三天前交换妥当，唯不许私下联络，得按部就班。

于是，大厅的间隔如今呈曰字形，男女各半，闻其声不见其人。那阜在哪儿？私心当然让是次的男女配对公司安排他于女方那边，香水熏得他年轻十载。

间板打开前，不如来个"呼唤游戏"？主持一声令下，台词此起彼落。

"老公！"一号蠢钝钝的压住声线，既像娃娃又像经过电子处理。

"老——公——"二号阜颇喜欢，拖长咬字销魂极了，还送个蜿蜒的臀摆，相信那边的雄性已听得面红耳赤。

"老公！啵啵！"大胆三号，居然擅改台词，偷步挑逗？主持立马警告，加上众敌怒目，她只好连忙点头装无知，免失资格。

"老公""老婆"求偶后，美丑终须相见。打通两性地域，也就开门见山速战速决吧。驻场护士和会计师通通就绪，前者量度每组男女亲吻三分钟内的脉搏飙升幅度，后者则评估每对于不婚、婚后育儿和离婚的情况下，双方的资产分配和投资风险。热情和冷静兼备，阜不得不佩服这人生规划公司，直截了当，省得饱历情伤呆等缘分你猜我度。男女？一个配一个，相安无事相伴到老，只要你甘心。

明明血气不再方刚，可旁观着一排六对男女角度各异的亲嘴，总令阜暗自发热起来——难道通风系统真的失灵？男和女看似投入非常，即使驻个护士在旁监管，手脚不得有所动作，然光听唇舌摩擦的火花，三号一朵五号两朵，早比大厅的华尔兹音乐悦耳得多。

阜看中的倒是四号男和六号女旁边的那位短发护士，专心致志，手势温柔，不知她叫起"老公"来又是怎样的动人？这时，那护士却猛然站起来，利落拆掉四号男的脉搏计，阜也当然借故上前探看。

"先生！我看你该休息一下了！这样下去怕你会昏倒！"护士无情地棒打鸳鸯，硬要推开男女，一看！气吁吁的不正是滋吗？

"再来！多亲一会儿，宝贝！"滋紫着脸伸张双手，夺不回六号女，倒还能左右逢源——阜和护士各一边，扶他退到大厅后方。

"这么拼命对身体不好呀！"阜递上温水，从护士传来的。

"这六号我看过她的数据，简直战绩彪炳，刚才一试，果然——"护士向滋掷下一包牛奶饼干，是要他非礼勿言吗？

六号女在哪阜一时认不出来，经滋一指，原来她早已跟另一位舌剑唇枪，连负责的护士也挺身呐喊，胜算超然。

"下个月我便四十岁了，亲热这回事，来这里玩玩确实划算；这位不合意便换上另一位，即使通通不对，散场后仍可免却责任，一身轻。倒是最近替自己着急，想弄个孩子弄个家，才甘心让那些会计师对我的未来评头品足，好像不听他们的话便会绝子绝孙。这里呀，看似喜庆重重，其实有苦自己知。"滋数数看，饼干余三块。

"苦什么？让你亲嘴算便宜你了。你看我……"阜摊开两边手掌，赤晃晃。

"你有钱嘛！今天这场也赚不少吧？还是你够聪明……"

按"老公""老婆"的投票结果和护士会计师们的专业评审，谁跟谁的前世三生通通工整地发布于屏幕上的排行榜——"子孙满堂的组合""从一而终的组合""争产高危的组合""床事寥寥的组合"……你找到谁一拍即合吗？

极速约会极速完结，男男女女到底极速结合，还是极速一拍两散？凑巧明天的活动也备有背景音乐，阜边逛边吃着护士遗下来的饼干，好让大厅记录他的轨迹。然而，饼碎并没铺出一道明显的姻缘，细看起来，倒能察觉它们随平伏的沉韵，勉强从地上跳跃，又坠落；你听着那乏味的哀调，早已忘却初相识的那位，如何跟你道别，再拥吻，直至剩你一人，四面白壁，香水味明明存在。

　　哀调为丧事而来，发过"媒人财"后，当然也得讨点"死人财"平衡心情。大厅没有布置什么，最烦人的算是仪式的指定服装——格子衫格子裤，阜尽给面子自购一套，却不大希望往后频频派上用场。为何是格子？仪式的理事会循循善诱，渲染格子跟棺材的关系，对，无非就是抽象几何上的相似，阜一笑置之。一众亲友身披"棺材纹"，随扑朔迷离的纯音乐步进大厅，阜骤眼看还以为是一场多媒体展览的活动展品，阵容显然编排过。大厅没有陈列故人的照片，是男是女阜不得而知。只见亲友各自摊开一个大如枕头的东西，往地上放，然后几乎同步踏上去，还跳起来！迷你跳弹床又有什么含意？这简直是一场表演！一头雾水，阜看起来实在太没有活力了。动身不如动脑，阜执意要想出跳弹床跟丧事的关系。难道故人是一名跳弹床运动员？他从高空坠下，伏尸于消防的巨型气垫？位位亲友蹦蹦跳跳，木无表情，是要为故人驱走僵尸吗？还未想通，音乐忽然停下来，跳弹依然富有节奏。

更多"棺材纹"理事从大门涌进，逼得阜躲到靠北的角落，却不清楚自己身在何方——这明明是他的家！理事们三排十八人，跟活泼的亲友相视对阵，像指挥又像长官。果然，领头的一位理事把五指一收！亲友们齐步退下，脚踏实地，乖乖把弹垫收起。阜实在看不下去了，笑不笑都难为情，哭不哭都欠尊重。"死人财"宁缺勿贪！

静随动而来，亲友按亲疏坐好，四行数十人，既不严肃也不放松，从头到脚尽是内心戏，细腻深邃。理事们从大型行李箱分批取出什么——这阜大概心中有数，日前他们不是问过生火的事宜吗？果然，一个个淡粉红蜡模，头颅、前臂、乳房——大小让阜断定故人为女、脚掌等陆续呈现那位辞世的她的体态，看得最亲的那排人格外失仪，忍痛吞泪。理事们并没因为亲友的反应而调整程序，依然利落列阵，一手蜡模一手火机，逐一往亲友的头盖熏，好让蜡滴凄美地沾吻头发，温热蔓延全身。

她的乳房滴下来的，是怡人的热情果味，嗅得她的丈夫不知所措，干脆伸手往头顶摸，却惊觉乳房早已熔成畸状，不再是他往日手中亲切的那对。

披蜡让这位发痒、那位冒汗，生理被迫跟心理一样糟。通风系统照例帮不上忙，各种熏味胡混乱缠，阜恐怕还得补贴点钱，空气清新喷雾怎能省？肢体都不成样子了，到底还要怎样才心安理得？

压轴登场的一位理事跨过大门，口含毛笔，低头仰头低头仰头，曲背挺腰曲背挺腰，晨操般绕过亲友三圈，然后扎稳马步守在大厅中央。古灵精怪倒让阜提起神来，且看他葫芦里什么药——可这葫芦，分明就是一个兼职的葫芦！是贴上"滋"字的葫芦！这家伙当我的家是什么？东拉西扯总能于此攀点关系，连"死人财"也不放过！看他一脸认真，简直跟亲嘴时两个样！

"蜡——字——"滋声如洪钟，气势不输呼唤"老婆"的环节。

理事们纷纷把溃不成形的残肢推置在地上的一个铁盆，火温依然；滋为毛笔蘸上蜡液，黑纸在前，挥毫在即。

毕竟吃过艺术那行饭，徐徐数笔，火一烧，一个"张"字焚起来，前事烟消云散，张女永息净土。

两名格子男肆意挥舞空气清新喷雾，以为在涂鸦，可四壁依旧粉白，滴彩不沾。

"这可是你的家啊！把这种不吉利的事弄过来，能睡得安乐吗？"滋索性把香剂喷向自己，准有人以为他是古龙水的专家。

"没有什么吉利不吉利，反正就是仪式一场，散场后还不又是家徒四壁。倒是你，还真会装神弄鬼，大龙凤后不怕张女嫌你不专业吗？"阜嗅着嗅着，竟然重遇"老婆"们的香水味。

"写字而已，不是什么不敬之举。既然家属需要，何乐而不为？"

"在我看来，除了乐，你更像一头傻瓜，做些有的没的，害我差点笑出来。"

"上来这大厅的，恐怕全是傻瓜，全都做了些有的没的，只为给你赚钱！"

"只为要你乐透。"

梳乎厘①

　　我不过是个普通的客人，不扶老携幼，没拖男带女，就只我一人，因门前历尽日晒雨淋的竖立式餐牌上的六项午餐——顺序由最便宜的排起——当中的首项确实叫人眼前一亮，且餐牌旁还驻个候得满额汗珠的准男客人，对美食的忠心，对天气的忍耐，高素质的餐厅果然招来高素质的客人。

　　可无论餐厅优秀与否、陌生与否，一个人用餐，你早该料到，甚至早该适应这不是纯纯粹粹只涉及你一个人的事。顺心获发挨近门口倚窗倚墙的小台子，靠背四脚凳或长排沙发的一端，你当然选择后者，既可以放袋子，又不为难丰满的下围；刚松懈向沙发全然卸力，托起来的竟是渗漫半截淡绿棉质裙子的谁的下围泄下的余温！你立时

―――――――――

　　① Souffler，又译舒芙蕾、蛋奶酥。

肌肉拘紧了一下，可依然得体地坐着，用心良苦为前一位客人的烂摊子默默掩护，顺道压抑你自觉出丑的神经。坐上别人刚离开的座位时时发生，公共交通呀，戏院呀，过山车摩天轮你也坐过，可你格外记得他曾逗你，说坐在别人刚坐过的位子里，会怀小孩噢！这是他对你专属的性教育，也是令你莫名开怀的玩笑，于是，你时时想起他，和这个玩笑。

　　首次光临的缘故，始终保守一点，向侍应道出早看上眼的那个午餐；不久，那个午餐的名字从哪里近近地飘过来，你愚昧地假想难道这餐厅深彻得凡音必回弹？可细听起来又不至于使人迫疯的嘈杂。或许正好是邻桌的那对上了年纪的夫妇又看中那最便宜的午餐？你无法确定他们入座的时候，但清楚记得接触那微暖的长排沙发的一刻，旁边是没有人的。你大部分时间把眼睛送给窗外的一切，那高温那夹在车路中间的单行大树那挤在人行道旁的多排行人，哪顾得来身旁的一对夫妇？他们当然没有向你介绍他们是夫妇，但人一旦凑在一起，总也看得出个关系来，例如绝对有关系，绝对没有关系，或绝对关系不清，出奇地绝对关系不清又是最明显看得出来的一类，且十分好看、十分耐看，像娱乐。于是，那双绝对是夫妇的老头老妇果然没什么看头：女的在沙发上坐得端直，寡言，跟你一样寄情窗外，你也分外觉得心境老淡；男的倒还竭力装年轻，手提电话捧在掌心如珠如宝，誓要赶上接驳世界的那卡尾班车，静静地争分夺秒。

下单的时候，你刻意询问是日附送的餐汤是什么，"周打鱼忌廉汤"，故随侍应稳定微红的右手奉上台面的，也就是一碗周打鱼忌廉汤；大方的是，碗旁还放下一个仿藤的小篮，篮内盛着一砖跟老头子手机大小相若的象牙色面包，以一片独立包装的牛油为伴。你当然喜出望外，那跟端上来的是面包或宝石无关，是那份额外的未知的明明已经问好了就只得周打鱼忌廉汤却还就一下子脱颖而出地呈现，蛊惑地彰显你是个多么易哄的客人。你稍许不愤上当了，立时抽空抬头看窗，面包而已，比窗外的东南西北不足为怪得多；至于汤，跟外头的空气一样温润，糊糊滋滋的，勉强中和不锈钢汤匙大意的炎烫。一口接一口，面包和汤轮流交替，几乎合成一道菜，突然你忘了下一口该是汤还是面包，是汤？不，节奏全被打乱了，都怪不知什么东西鬼祟地推了腰肢的左边一下，不动声色的；你心里当然顿时有了打算，怕是他人不守规矩的袋子伺机倒过来吧，还一倒不起，就这样倚躺施压。你知道你不能一直虚耗暗力挺住陌生人的东西进餐，但对方，现在你肯定对方就是那个遭老伴冷落的老妇，她似乎毫无警觉，等她发现也是白等，你姑且试试先礼后兵。

"不好意思，你的袋子……"你冒昧地以委屈的声线加入他们的关系，来不及看清谁先把头转向你，腰肢的压力已被利落地抽起。

"不好意思！不好意思！"老妇吃力地把袋子牢牢抱起，改放沙发的另一边，你跟她之间再没什么，却于这刻，你正式正面看她第一眼，垂松的眼沿竟画上粗黑脱界的框线，明明挺吓人唇部又偏偏配衬慈祥的笑容，慌慌忙忙喃喃道歉。你既失神，又不好意思光明正大接受长辈的歉意，只好把握重拾汤匙的瞬间，养精蓄锐吐个谎言打圆场。

"我以为不知哪里来只小猫扑向我，吓了一跳！"谁也听得出这话实在笨拙，你多加两下手势拍拍胸口，夸张地添点谐趣，意想不到竟惹起老头子叽叽发笑，瞪住电话补句"不好意思"，汤稀薄了。

时间正正徘徊于标准的午餐时间，对，我们并没约定，可年轻情侣校服兄弟三代家庭先后留步，打量门外那餐牌的味道；有的多看两眼也嫌弃，有的多番计算后始终舍弃。然后你发现，拉门进来的，眼睛都是一心一意直朝门口，爽快不迟。餐牌？管他什么甲乙丙丁餐，反正这餐厅我喜欢，反正，我饿，而那迟迟不见的主菜催我更饿。我开始疑惑双眼间歇发花，该不是血糖作怪吧？我不敢叫动颈项以上的肌肉，怕晃，晃后晕倾，然而外头人行道上走的停的竟全没看进窗内一眼，那是很离奇的画面。就拿窗前庞大的爸爸和他的妻儿来说，我明明坐在玻璃的另一边，很近，很清晰，可他们俨如没有意识我的存在般，俨如我们之间隔道墙，那是严重违背视觉的好奇本能。我也许是饿疯了，干脆挥起手来招引妻子臂内的小宝宝，我眨眼，我不清楚我有否眨眼，你也不确定你刚刚眨眼没有？当我再睁眼时，并没换上漆黑，依旧是窗前那全家福，依旧没给我反应！我错过了吗？小宝宝的视力听说特别灵？"水牛芝士鲜茄焗猪排饭"，我又活过来了，侍应给我一碟，也送搁下手机的老头子一碟，闭眼尽吸一口冒起的酸甜气，窗外那家人已换上新一幅背景。

标准的午餐时间，饿的人说早已过了。

"他们贴了反光玻璃纸，外面的人看不到我们，只有我们看到外面。"老头子话是说给我听，可他只低头用匙子好好区分猪排和米饭，嘴角率先涂点半加工半天然的大

203

梳
乎
厘

红茄汁，味道刚巧跟我舌尖上的那摊酱料一模一样。我既觉无知失礼，竟料不及反光玻璃纸这一着，又遭智者般的老头子刻意躲开眼波，卑屈极了。毕竟，他有恩于我，解惑之恩，我总得谦谦受教，但切忌盛情，此刻老头子不图回报，光是那口饭已够满足。

我略略点头，幅度仅仅让他意会。

老妇依然没跟他谈上半句，怎能开口？老头子眼前坐着两位女性，也偏挑个陌生的闲扯半句，跟了他大半生的那于垂松眼沿画上粗黑脱界框线的命中注定的那位，既然是注定，已经注定，又何须在意？在意不在意她也走不掉，也绝不会走掉；陌生的倒是别个说法，没一句便没一句，有半句吗？那便不算是绝对陌生了，可又离关系不清甚有差距。老妇当然不愿意你跟老头子关系不清，且一顿饭而已，哪有那么容易？要是这样便成事的话，那么从你刚坐下沙发那刻，那排令你想起他的玩笑的沙发早让你珠胎暗结，未婚妈妈等你来当呢！为了表明你根本毫无意思与老头子弄得关系不清，你不是盯住碟上那堆红红白白，便是留意窗外车路旁一位撑着拐杖——两根拐杖——的中年汉。样子苦，皮肤黑，附个不大光鲜的背包迁就那双高低不一的拐杖，而拐杖的高度又是为了迁就那双参差的腿。

他似乎在等什么，半身倾越行车线，以命召唤他的需要。公共巴士？如斯巨大怕是未登车已给碰倒地上了。私人汽车？哪个车主良心掉失，居然叫一触即碎的病人冒险苦候？你不禁忧心起来，渐渐咀嚼不清，嘴里那混沌浓郁的黏腻，究竟跟眼中的唯一焦点——孤弱无助的男子——有何关系？你没尝到他的干苦，可也再无暇鉴赏芝士融于茄红后染成的绚烂缠绵。你只好一直看，一直咬，直至更震撼的介入窗前。

原来风平浪静的车路一下子紧张起来，制服是自有它既定的魅力，不，应该说是阻吓力；一行二人的夏季浅蓝军装，不看胸前的"警察"针织字也辨清他们来势汹汹。你抖擞起来，并非全然因为他们非凡的降临，而是正正他们平平无奇，路上车上非制服人士却于心中眼中掀起犹如条件反射般不由自主地戒备，像是必须的，打草必惊动蛇。你爱一切的戏剧，爱旁观那堆光天化日下违例泊车的蛇，然后你听不到他们向四方八面唱什么蛇语，反正蛇伴也就三五成群从四方八面涌向那双军装，求个饶。

"那款面纸，百合味？什么味？愈来愈不好用，鼻涕一多便抹穿了。"

蛇群连连低头，又摇头，紧凑地向军装许下例行的诺言，以为只要把戏演好，对方便会手软心软，然后清清白白驶走车辆，打回人的原形。

"不是百合味了，上星期买的，没那么贵的那款，都是在超级市场买的。"

其实军装多是装腔作势而已，蛇！谁不怕他们以多敌寡，反咬你一口恶毒的？既然你们及时七情上面，那就好来好去吧，随便一声口头警告打发打发。

"是吗？换了便宜的那款？包装又看不出来，难怪一分钱一分货。"

蛇群口不对心连声道谢，奸狡的蛇影一窝蜂蹿进那霸道的七人车，关门就逃。军装呢？军装功德圆满，正要撤离窗框之际，画面的焦点竟又调至一辆双层巴士的门口；你还未告别浅蓝夏季的雄风，那东歪西倒的背包汉已爬上巴士的入口，不忍让你多看一眼。你忽然想起他像极一种动物，只要你当时没有错过他如何截停那巴士的话，你就一定想得出来。

饭已经算不上温了，头一口的惊喜后也就麻木地来回消耗，像爱情、像缘分；你忽然猜疑老头子该是吃得比你急，还是惰？毕竟你跟他点的味道和分量都附默契，关键在于连上菜的时刻也出入不大。然而，你如今才发现，老头子早已跟老妇，对，那个跟他对坐的老妇，绝无他人，就只跟老妇卿卿我我，从容开了。别误会，他们当然不屑当众拖手亲脸撩腿，只是，他们有话了。有话于某些绝对有关系的人来说，是颇难做到和维持的，哪管只是纯然探讨那一抹即弃的面纸是这味那味。也许是食物令他们宽怀了？你故作顺眼般斜瞄老妇的台面，也上菜了，是餐牌上位列第二的那道——你当然记得，你从来只挣扎于最便宜和第二便宜的选择。老头老妇啊！难道如你们辛勤劳碌一辈子，岁月始终只容得下最便宜和比最便宜多两元的午餐么？与其替他们难过，不如及早为自己打算。你的伴呢？你的那个绝对有关系却尚待注定的将来的老头子呢？难道你不急于求知？饱肚壮胆，你挺胸举手发问。

虽然大部分客人认同标准的午餐时间老老实实地过了，不骗你一秒，然而餐厅的各色侍应，黑衣白衣灰外套，还是依循制服颜色赋予的权利和岗位，左右穿插于关系万千的客人之间。你先天失利，被流放至最僻静的角落；即使近窗，可外头的人准看不到你呀。你把手愈抬愈高，时而挥舞，时而伸合五指，偏偏侍应的后脑儿全都向你，一劲儿招呼那些明明不比你急的幸运儿。你爱面子，自觉傻瓜一样叫天不应下去，不是招人耻笑，便是自讨没趣。你看，连身经百战的老头老妇也省得替你打气，你便早该意识到，穷追不舍不是上策。你放弃了，投降般倒下手，那个绝对有关系却尚待注定的将来的老头子是谁在哪安好吗你不愿知，无从问，到头来只依稀收领老头老妇袖手旁观后的一丝歉疚。

到头来奇迹般有人看不过眼，不问亲疏替你出一口气。

"伙计！那边那位小姐有需要呢！"你慌张起来，深知口中的"小姐"直指是你，且那人，那男子，正正坐在餐厅的中央，一眼关七，一声令下，把他关顾弱小的气派渲染全场，而那个突受关顾的你，很不擅长领人情还人情之类，于是索性摆出四海之内皆兄弟的随性姿态，瞬间免却谢恩哪婆妈之措，继而整装待发迎来那后知后觉的侍应。时机到了，问吧！

"牙签？"

"牙签！"

牙签十余支，又是独立包装，不挤不散储在一个小白瓶中；老头老妇坐享渔人之利，侍应顺手送他们一瓶，而老头子果然老实不客气，竟然比你动作还快，脆纸一撕牙签在手，手势相当熟练。哪像你？还苦苦掏块镜子左遮右掩，太不成气候了。

再看看，谁也不为意窗外的人影已悄悄疏落，而门外的餐牌似乎也提不起劲，毕竟时移世易，那后知后觉的侍应这回竟早着先机，单手提着大如桌布的彩纸昂首推门，扯进来的热风扑得彩纸哗啦大嚷，如刚被捕的活鱼。身穿白衣的侍应小心翼翼地对门外那竖立式餐牌做了点手脚，从此餐厅的内涵便被重新包装为"特选下午茶"，改朝换代。然而，标准的下午茶时间仍然容得下午餐的客人，你乐观妄想。不是吗？你明明又听到一点东西。

"点个'梳乎厘'吧，迷你的。"

"点吧点吧，跟餐的话也是加二十八元。"

老妇把"梳乎厘"的"厘"读成"水晶梨"的"梨"，你也是这样读吗？你诧异他们俩老口子胃口如此好、品味如此高，竟指明要吃这名为"梳乎厘"的餐厅的"梳乎厘"！你这下子大可安心了，安心他们陪伴你迈进下午茶时间，安心你从头到尾心乱如麻打算一试的那道驰名甜品终于有人点了，而且近在咫尺！不正是偷看样本的好时机吗？好的坏的也就让老一辈首当其冲吧！看过合意的话再点也不迟，你的如意算盘响彻脑子。

台面几乎被一扫而空，只余水杯和牙签，什么味道也没有，你陪老头老妇等，等那个译名毫无意思的外国传来的甜品。你隐约记得它是什么来头，放进炉子焗得淡淡绵绵的，很抽象，可甜品都是抽象的，制成品跟原材料全然是两码子的事，化腐朽为神奇。

你顾不来端出神奇的那位侍应黑白属哪，只替老头老妇苦尽甘来的刹那雀跃高兴，因为顶皮微焦的平头小雪山实在灵动，欲倾欲坠般从咖啡杯隆起一倍的高度，你铁定你也要来一个。可你爱面子，即使你愿听老人言，也不容老人知道；而且明目张胆再跟老头子品尝相同的味道，怕真的会惹来老妇的火。你急着静，静着急，只待他们吃光结账离场的一刹，猛烈召唤管他什么颜色的侍应，"给我一个迷你'梳乎……厘'"。门一拉老头子跟侍应撞个正着，他居然折返，低调拾回遗在台面的手机，但那份低调太刻意、太伪善，他就这样擦过侍应。那侍应刚问我：

"一个'梳乎厘'吗？"

百辞莫辩。